鴉《からす》と令嬢
The Raven & The Lady
~異能世界最強の問題児バディ~
The strongest problem buddy in the world of special abilities

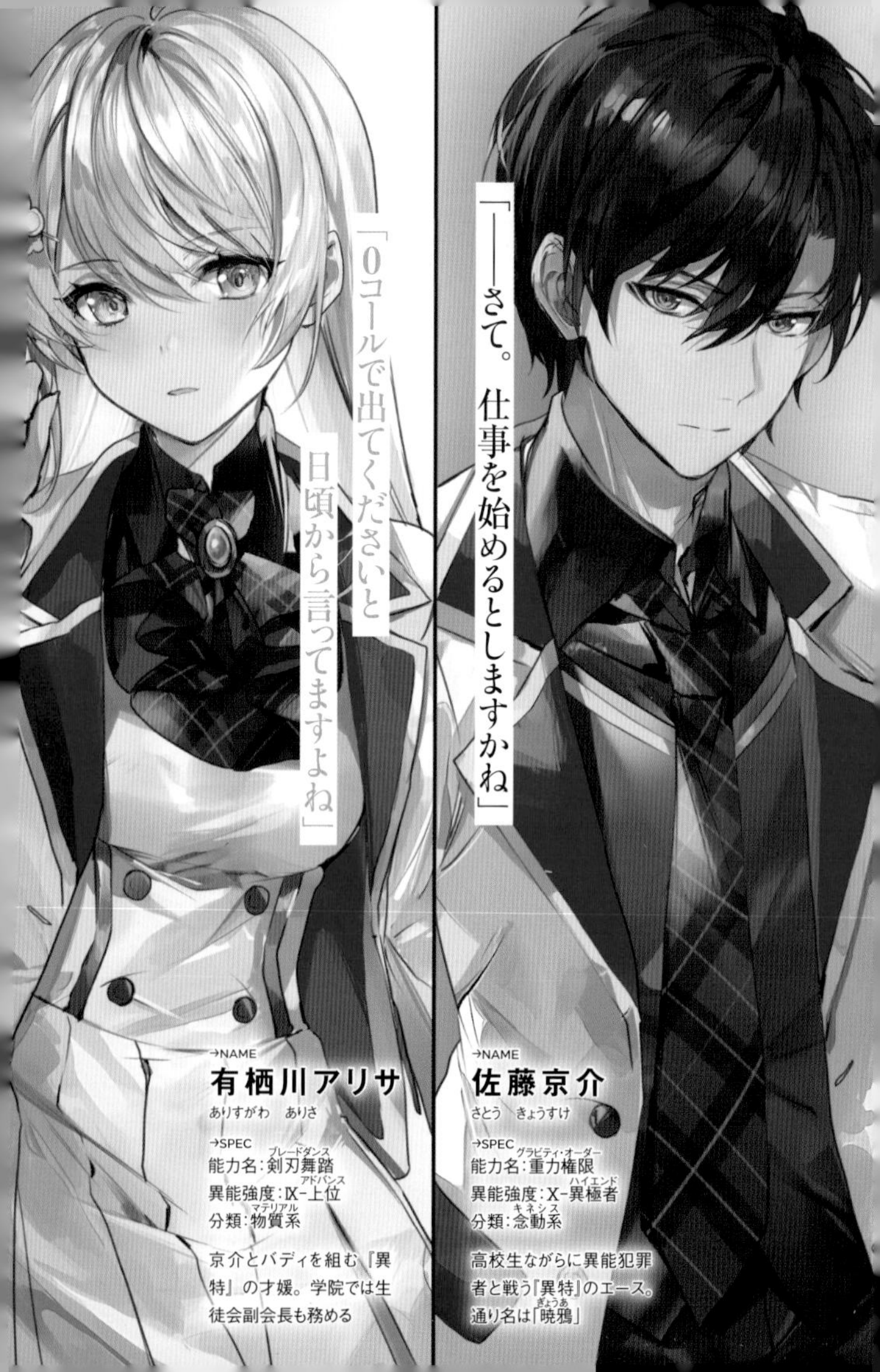

「――さて。仕事を始めるとしますかね」
→NAME
佐藤京介
さとう　きょうすけ
→SPEC
能力名：重力権限《グラビティ・オーダー》
異能強度：Ⅹ－異極者《ハイエンド》
分類：念動系《キネシス》
高校生ながらに異能犯罪者と戦う『異特』のエース。通り名は「暁鴉《ぎょうあ》」
「0コールで出てくださいと日頃から言ってますよね」
→NAME
有栖川アリサ
ありすがわ　ありさ
→SPEC
能力名：剣刃舞踏《ブレードダンス》
異能強度：Ⅸ－上位《アドバンス》
分類：物質系《マテリアル》
京介とバディを組む『異特』の才媛。学院では生徒会副会長も務める

「おはようございます、先輩っ！」
「私は——世界最強の異能者の、世界一の妹ですから」
→NAME
十束瑞葉
とつか　みずは
→SPEC
異能名：念話《テレパス》／記憶閲覧《メモリアル・リーダー》
異能強度：Ⅶ-上位《アドバンス》
分類：特殊系《スペシャル》
美桜の親友。二つの異能を持ち、中等部生ながらに異特に属している
→NAME
佐藤美桜
さとう　みお
→SPEC
異能名：???
異能強度：???
分類：???
京介の溺愛する妹。特殊な異能を持っているらしいが、その詳細は不明

「アリサさんって、お兄ちゃんのことを
どう思っているんですか？」

「私も気になります……！」
「……本当に言わなければダメ、ですか」
乙女たちの秘密の夜

「そんなに見たければ見せてやるよ。
『異極者《ハイエンド》』を超えた先、『超越者《イクシード》』だって宣う化物の力を」

「今はまだ手の届かない場所ですが……
きっといつか、貴方の隣に追いつきます。
これはその、最初の一歩」

Glossary

The Raven & The Lady

The strongest problem buddy in the world
of special abilities

【異能】

一部の人間に備わる超常的な現象を引き起こす力。現代科学では異能が発現するメカニズムの全てを究明できていない。一部では精神活動が関係していると目されているが、真実は不明。

・強化系《エクステンド》……自分自身の身体能力を強化する
・精神系《スピリチュアル》……他人の精神面に影響を与える
・変身系《メタモル》……自分自身の姿を変容させる
・物質系《マテリアル》……実体を持つ存在を発現・操作する
・念動系《キネシス》……実体のない力を発現・操作する
・特殊系《スペシャル》……上記に当てはまらない特異な異能

【異能強度】

異能の規模と、発現に伴って向上した身体能力の度合いを示すレベルの総称。Ⅰ～Ⅲが下位《ロー》、Ⅳ～Ⅵが中位《ミドル》、Ⅶ～Ⅸが上位《アドバンス》。さらにその上、異極者《ハイエンド》と称されるⅩまでを含めた10段階に分けられ、上位になるほど稀少な異能者になる。

【異極者《ハイエンド》】

異能強度レベルⅩの異能者の別称。異能者のうちに占める割合はおよそ0.00001％程度と呼ばれている。その誰もが核兵器にも比類する力を持つ。

【異特】

正式名称は『対異能犯罪特務室』。異能犯罪に対する対処・鎮圧を目的としている国家機関。国家公務員と同じ扱いだが、有望な異能者は学生のうちから名を連ねることもある。

【禁忌の果実《アップル》】

強制異能増強剤。脳神経系に作用する成分が含まれており、使用すると高揚感・幻覚・血圧上昇・散瞳などの交感神経刺激症状が発生。一時的に本来よりも強力な異能を扱うことができる。反面、身体への負荷は激しく、長期にわたって使用することで後遺症が残る可能性がある。

鴉と令嬢
～異能世界最強の問題児バディ～

海月くらげ

ファンタジア文庫

3197

口絵・本文イラスト　火ノ

鴉と令嬢

Contents

The Raven & The Lady

Prologue

The Raven & The Lady

The strongest problem buddy in the world
of special abilities

鴉　と　令　嬢

深夜の東京。

見上げた夜空に揺蕩《たゆた》う三日月。

俺は一人、チカチカと明滅を繰り返す街灯が照らす路地を歩いていた。

現役高校生の俺が警察に見つかれば深夜徘徊《はいかい》で補導されかねないが、心配は無用。だが、長居はしたくない。早いとこ仕事を終わらせるとしよう。

ゴミが散乱し壁への落書きなども増えてきた路地を眺めながら治安の悪さを感じつつ、奥へ奥へと歩を進める。

人の気配はすっかり消えて、静寂に満ちた路地。

野良猫《のらねこ》が「みゃあ」と鳴いた声と、使い古した革靴の足音が嫌に響く。

曇ったガラス窓に映るのは冴《さ》えない自分の顔。

死んだ魚のようだと評される目には黒い前髪が軽くかかっていて、陰鬱そうな雰囲気を漂わせている。春先の少々肌寒い気温に適したラフな服装から、つま先が少し汚れている革靴だけが妙に浮いていた。

でも、それ以上に右手の人差し指に嵌《は》められた白い指輪は、自分でも似合っていないとつくづく思う。

「……俺が選んだことではあるけどさ」

思わずついた深いため息。

こんな仕事、できれば辞めてしまいたい。

だけど。

妹を養うために俺が稼がなければ。優秀な妹に苦労はかけたくない。

シスコンかよって？　そうだよ悪いか。

そもそも、たった一人の家族を愛して何が悪い。

取り留めのない思考を続けていると、ズボンのポケットにしまっていたスマホがバイブレーションと鈴の音のようなサウンドで着信を知らせた。

画面に映る名前は『有栖川《ありすがわ》アリサ』。

ややこしい名前だが芸名ではなく本名。ついでに言えば、仕事の暫定パートナーでもある。

3コール目でようやく通話を繋《つな》ぐと、

『――0コールで出てくださいと日頃から言ってますよね、佐藤京介《さとうきょうすけ》』

鈴を転がすような澄んだ声で有栖川は無茶を言う。

声音だけで想像できる容姿端麗なお嬢様的な人相。

実際に大企業を取り仕切る家の令嬢だし容姿も相当に優れているが、可愛《かわい》ければなんでも許されると思うなよ。現実的には大体許されるんだけどさ。

それよりも——

「開口一番それか。てか今どこだよ」

『知りません。迷いました』

「はぁ？　スマホなんて文明の利器があって迷った？」

『私が方向音痴なのは知っていますよね』

「だから待ち合わせて一緒に行くかって訊《き》いたのに、お前が『貴方《あなた》のような男と並んで歩くなんて耐えられません』って断っただろ⁉」

『この世の摂理です。諦めて受け入れてください』

そんな理不尽極まる摂理があってたまるか。

「……で、迎えに来いって話か？」

『それには及びません。一人でお仕事頑張ってくださいとささやかながら激励をしようと思いまして』

「一人だけサボるな」

『手柄を譲ったんです。土下座で咽《むせ》び泣きながら感謝して欲しいですね』

「俺に対する扱いの程度が知れるな」

『まあ、使い勝手のいい下僕程度には思っていますけど』

傍若無人な有栖川の扱いにため息をつけば、返ってきたのは上品に笑う声。

『安心してください。可愛い冗談です。多少遅れますがそちらに向かいます』

「りょーかい」

『それと……私のことはお前ではなくアリサと呼んでくださいと何度言ったら――』

プツン、と。

最後まで言い切る前に通話を切って、スマホをポケットへしまい込む。確かにお前か有栖川の二択だけどさ。逆に考えてもみろ。

俺みたいなモブ陰キャがあの有栖川を呼び捨てなんかにできるわけないだろう？

普通に喋《しゃべ》っているだけでも賞賛されて然《しか》るべきだ。

底辺思考を続けながら歩けば、路地の突き当たりへと辿《たど》り着いた。目の前には寂れた雑居ビルが控えている。明かりはポツポツとついていて、人の気配が窺《うかが》えた。

曇りガラスが嵌められた扉の前に立ち、

「――さて。仕事を始めるとしますかね」

意識を切り替えるために呟《つぶや》いて、入口の扉を蹴破った。

あっさりとひしゃげて吹き飛んだ扉がエントランスの壁へ激突し、ガラス片がキラキラと宙を舞う。

悲鳴はない。代わりに響いたのは幾つもの乾いた銃声だった。

人間に命中すればいとも容易《たやす》く命を奪う殺意の雨を前に、俺は両手を閃《ひらめ》かせる。

僅かな衝撃を手のひらに感じつつも、悠然と中へと侵入し混乱したスーツ姿の男たちへ目を向ける。握っていた両手を開き、数十発の真鍮《しんちゅう》色の銃弾が床へ落ちる様を彼らへ見せつけた。

カラン、と転がる銃弾を前に男たちは呆然《ぼうぜん》としていた。

「随分と乱暴な挨拶だな」

「――このっ、クソガキッ‼」

「何やってるッ‼　撃て‼　撃てッ‼」

怒りを露《あら》わに拳銃の引鉄《ひきがね》を引く男たち。

鳴り響く銃声。微《かす》かな硝煙の臭いが部屋に充満した。溢《あふ》れる暴力の気配を全身でヒシヒシと感じながら、弾丸の雨を駆け抜ける。

スローモーションな視界、螺旋《らせん》回転で迫る銃弾を目視で躱《かわ》しつつ一番近い男へと肉薄。

無防備な顎を掌底で打ち抜く。脳震盪《のうしんとう》を起こしたのか握っていた拳銃を床に落とす。伸びきった腹へ蹴りを入れれば、くの字に身体《からだ》を折れ曲げたまま横に飛んで壁へ激突する。

「次」

男へ一瞥すらせず、瞬時に間合いを詰めて次々と殺さないように処理していく。同士討ちが怖くて拳銃は撃てないと悟ったのか、数人で俺を囲んで襲うつもりらしい。

だけど、普通の人がいくら束になったところで俺の相手になりはしない。

「──『過重力《ハイ・プレッシャー》』」

パチンっと指を鳴らし、自らの異能を解放した。

すると、彼らは一様に床へ膝から崩れ落ち、意思とは関係なく俺へ頭《こうべ》を垂れる。立つことはおろか、身動《みじろ》ぎ一つすることは叶《かな》わない。

俺の異能は『重力権限《グラビティ・オーダー》』。

世界における理《ことわり》の一角、重力を支配する異能。

「ぐっ……っ、お前、まさか『暁鴉《ぎょうあ》』っ⁉」

「ぐふっ！」

やめろその呼び名は俺に効く。

『暁鴉《ぎょうあ》』──自分で名乗り始めたわけじゃない厨二病《ちゅうにびょう》全開のそれを、いい大人がガチトーンで言うと笑うに笑えないよな。……ほんと、笑えない。

さっさと仕事を終わらせて不貞寝《ふてね》しよう。

八つ当たり気味に強めた重力に耐えられず男たちは全員意識を失った。

彼らに見向きもせず、エントランスから非常階段を上って上階も同じように制圧していく。

最上階にいるらしい標的に逃げられないようスピード勝負だ。余計な手間をかけず、一瞬で意識を刈り取って次の階へ。

そんな工程を何十回と繰り返し、最上階まで上り詰める。

元々俺の担当は陽動だったのだが、有栖川が来ない以上最後までやるしかない。これで標的に逃げられていたらと思うと胃が痛む。

警備で立っていた二人の意識を奪い、標的がいる部屋へ繋がる豪奢《ごうしゃ》な扉を『反重力《アンチ・グラビティ》』で吹き飛ばし、突入という瞬間、

「――っ！」

部屋の中から業火《ごうか》が濁流のごとく押し寄せた。瞬時に身体の周囲を圧縮した重力の膜で覆い、空間を歪《ゆが》めて身を守る。

やがて炎が消えて、黒煙と嗅ぎ慣れない甘ったるい匂いが漂う部屋の中央で佇《たたず》む一つの人影を捉えた。

「――だらしねぇな、こんなガキ一人に殺されやがって。折角貰《もら》ったブツも燃やしちまっ

た。どうしてくれんだよォ、オイ」

粗野な男の声。

黒煙が晴れて見えたのは事前に頭へ入れていた厳《いか》つい男の顔。逃げることなく俺のことを待ち構えていたみたいだ。

だけど、一つ訂正することがある。

「おっさん、俺は一人も殺しちゃいないっての。勝手に人を殺人犯にしないでくれ」

「あぁ？　豚箱行きなら似たようなモンだろ」

「その理屈からすると、おっさんもこれから死ぬことになるな」

「――ほざけッ‼」

男は前方……即《すなわ》ち俺へ向けて手のひらを翳《かざ》し、虚空《こくう》から赤く燃える炎を噴射した。

轟《ごう》、と空気が焦げ付き、圧倒的な熱量で熱された空気が肌を焼く。

男の異能は『火焔操者《フレイム・プレイ》』、異能強度は十段階中のレベルⅥ。十二分に強力な異能と呼べるだろう。

この炎だって、人一人を焼き殺すくらいは造作もなくこなせる。

――それが俺でなければの話だけど。

「『過重力《ハイ・プレッシャー》』」

「──っ、ぐ……っ」

部屋を支配する通常の何十倍にも及ぶ重力が文字通り重さとなって男にのしかかる。

炎は打ち消され、男は四肢を床へと張り付かせて蹲《うずくま》ったまま呻《うめ》く。

「悪いな、おっさん。アンタも漏れなく豚箱行きだ」

「……っ、白い指輪の重力使い──お前、『異特《いとく》』の『異極者《ハイエンド》』かっ⁉」

「今更気づいても遅い」

「……なん、で、こんな、くそ、がきに……っ！」

「──放火七件、死傷者は三桁、被害総額は億超え。全部、お前自身がやったことだ」

俺が羅列したのは男が犯した罪。

こいつは数え切れないほどの人を殺し、世の中を混乱に陥《おとしい》れた異能犯罪者だ。だから
俺が……俺たちがこいつを捕まえるために仕向けられた。

もうお喋りはいいだろう。

「大野炎地《おおのえんや》、お前の身柄を拘束する。逃げようだなんて思うなよ？　その気になれば一瞬
で床のシミにしてやれる。お望みなら止めないが」

わざと猶予を作ってやるも、男は反応を示さなかった。圧倒的な実力差を本能的に感じ
取ったのだろう。何をやっても無駄だとわかっていながら突撃する人はいない。

無抵抗の男に異能絶縁の手錠を嵌《は》めて一件落着だ。

有栖川は最後まで来なかったけど……連絡だけは入れておくか。仕事を終えた旨《むね》をメッセージで送信し、続いて上司へも話をつける。

これで俺の仕事は終わり。後のことは後詰めの人たちに任せて俺は家に帰るとしよう。

俺の本分は学生。

誰がなんと言おうとも、身に余る力を持っていたとしても。

それは決して、譲れない。

case.1
目覚めし鴉《からす》

The Raven & The Lady
The strongest problem buddy in the world
of special abilities

鴉　と　令　嬢

「――い！　お兄っ！」

「っうぷ⁉」

腹部に感じた壮絶な重みで夢の世界から叩《たた》き起こされた。

寝ぼけ眼で見上げた先には制服の上にエプロンを着けた妹――美桜《みお》の顔。俺に跨《また》がりながら艶《つや》やかな二つ結びの黒髪が動く度につられて揺れる。

まるで現世に降臨した天使のようだ。

今日も世界一可愛《かわい》いな……とか言うと真顔でキモがられるので心の中だけに留《とど》めておく。万が一にでも「お兄嫌い！」などと言われれば、自己喪失の果てに世界を滅ぼしかねない。

いや、冗談だけど。要するにそれくらいのショックを受けるって話だ。

窓から差し込む眩《まぶ》しい朝日に当てられて、徐々に意識が覚醒していく。

仕事を終えて夜中に帰った俺は眠気に耐えられず、シャワーも浴びずに寝落ちした。壁掛け時計を見れば、現時刻は午前七時前。三時間睡眠は身体に絶対悪いって。

「お兄、起きてるー？」

「あーはいはい。起きてる起きてる」

美桜の問いかけに空返事。二度寝は許してくれそうにない。ふぁぁ、と大きく欠伸《あくび》をして上半身を起こすも、美桜が退《ど》く気配はなかった。

じーっと俺を見つめるアーモンドのような瞳に宿るのは不安や心配といった感情。俺が仕事から帰った翌朝はいつもこうだ。

美桜も事情は知っているし、何度も話し合って俺があの仕事をすることを認めている。けれど、それとこれとは話が別。

「心配かけたな」

「……ん」

いつものように背へ手を回して軽く抱き寄せれば、美桜は自分から胸に顔を埋《うず》めた。静かな息遣い。微《かす》かに甘く、心が落ち着く温かさを伝えあって。

数秒間の沈黙。

それは俺と美桜が日常を確認するための儀式。これでようやく、帰ってきた実感が生まれてくる。

ややあって美桜が離れ、憑《つ》き物が落ちたように晴れやかな笑みを浮かべた。周りの人間に元気を分け与える太陽のような、そんな笑顔。

「よしっ！　じゃあ、私は朝ごはん作りに戻るからね。出来上がるまでにシャワー浴びてくること！」

「はいよ。毎朝ありがとな」

「いいのいいの。お兄の世話焼くの割と楽しいから。ダメ人間観察日記的な？」

「それは勘弁」

敵《かな》わないなと笑ってやれば、ぱたたーと美桜は部屋を出ていった。

さて、俺も朝の支度をしなければ。

美桜の冗談が現実になったら兄としてのちっぽけな矜持《きょうじ》が粉砕される。

手早くシャワーを浴びて登校の身支度を済ませてリビングへ行けば、ちょうど朝食の用意ができた頃合いだった。

「あ、いいところに。これ運んでちょーだい」

「おっ。今日は和食か」

「鮭《さけ》の切り身が安かったからね。それにほうれん草のおひたしとお味噌汁《みそしる》。具材はお兄の好きな油揚げと大根です」

「流石《さすが》は美桜。兄のツボをわかっていらっしゃる」

「ふふふーっ、もっと褒めてもいいのだよ？　ほれほれ」

なんて、兄妹《きょうだい》で漫才をしつつ、テーブルに出来たての朝食が並んだ。席に座って手を合わせ、二人揃《そろ》ったところで「いただきます」と言ってから箸をつける。

焼きたての鮭を箸で解《ほぐ》して口へ運ぶと絶妙な塩気が食欲をそそり、白米に箸が進む。そのまま流れるように味噌汁とおひたしも一通り食べて、一息。

「……ああ、ほんと美味《うま》い」

「お兄の胃袋は私が握っているのです」

「あながち間違いじゃないのが悔しい」

事実、家事全般を支えているのは美桜だ。

中学二年生でありながら、美桜の腕前は歴戦の主婦に勝るとも劣らないだろう。特に料理は群を抜いている。クリスマスケーキやおせちなんかも自分で作る筋金入りで、しかも美味い。

俺の妹とは思えないくらいの優秀さに加えて、絶対無二の美少女。四捨五入でようやくフツメンの下程度な俺にも顔面偏差値を分けて欲しかった。

他愛ない話をしながら朝食を食べ終え、使った食器を洗ってしまう。美桜が家事万能だからといって、全て任せてしまっては時間がいくらあっても足りない。学校がある平日の朝となれば尚更《なおさら》だ。

食器を洗い終えてから荷物を取りに部屋へと戻り、並行してスマホに連絡が入ってないか確認する。電源を入れると、数件のメッセージが画面にポップアップした。

うち三つはニュースや天気なんかのお知らせだ。だが、最後の一つは違った。

差出人は有栖川《ありすがわ》。内容は簡潔――『覚えておいてください』と一言。

「怖すぎだろ」

余計な情報が一切含まれていないのが逆に不安感を煽《あお》る材料になっている。

有栖川は冷静で頭の回転は速いのに、どうしてこうも短気なのか。……冷静と短気って矛盾してないか？　それなりの付き合いがあっても何が地雷になるのか理解できない。

俺の中では突発的沸騰物として危険人物にカテゴライズされている。

それにしても、

「怒らせるようなことしたか？」

頭を捻《ひね》ってもそれらしい事柄が思い浮かばない。直近なら有栖川を置いていって仕事を終わらせたことか？　一応連絡はしたけど見てなかったって可能性は――

「……あ。送信できてなかった」

有栖川とのトーク画面を見て気づく。

仕事が終わった旨を知らせるメッセージは、操作ミスで送信されずに電子の海へ消えていたようだ。

つまり、全てが終わったビルで有栖川は無為な時間を過ごしたことになる。……うん、これは俺が全面的に悪いわ。

会ったらちゃんと謝ろう。言い訳くらいは聞いてくれるはずだ。許してもらえるかは有栖川の気分次第だけど。

「お兄ー！　そろそろ行かないと遅刻するよー！」

中等部の制服を着こなした美桜が待ちかねて部屋へと突撃してきた。惜しげもなく晒《さら》される健康的な脚のラインは春特有のものだろう。

年頃だからと背伸びをしているのか、膝上のスカートが兄としては気になるところだ。

パンツ見えない？　大丈夫？

「あーっ、どうしてアイロンかけてない方のシャツを着るかなぁ」

「えっ……ほんとだ」

「気を抜きすぎだよ。着替えるまで待っててあげるから、早く来てね」

返事を聞かずにヒラヒラと手を振って美桜は部屋を去った。確かに気が抜けているのかもしれない。

シャツを着替えてブレザーを羽織り直し、ネクタイがキッチリ締まっているか鏡で確認。

俺が身嗜《みだしな》みを意識して整えなければ美桜の努力も浮かばれない。

なにより、身綺麗《みぎれい》にしていれば当社比で自分の不出来な顔が多少マシに見える。

遅れて玄関へ向かえば、靴も履いて準備万端な美桜が髪を弄《いじ》って待っていた。

「悪いな、待たせて」

「ううん。じゃあ、行こっか」

だが、登校準備が完了したのを見計らったかのように、ピンポーンとチャイムが鳴った。

誰だろうかと美桜と顔を見合わせる。こんな朝からの来客予定はなかったはずだ。美桜を後ろに下がらせて、何かあってもいいように俺が扉を開ける。

すると、美桜と同じ中等部の女子制服を着用した、ショートヘアの女の子が笑顔のまま佇《たたず》んでいた。

「おはようございます、先輩っ！　美桜ちゃんっ！」

「……十束《とつか》か。おはよう。こんな時間に誰かと思ったぞ」

「おはよー、瑞葉《みずは》ちゃん」

美桜は十束に元気よく挨拶を返し、ハイタッチを交わす。

朝から若々しいハイテンションにはついていけず、「先輩、ノリ悪いですよー？」と頬をわざとらしく膨らませる十束に苦笑するしかなかった。

十束瑞葉――彼女は美桜と同級生ということもあって交流が多い。そのついでなのかわからないが、妙に俺にも関わりを持とうとしている節がある。

先輩呼びもその一環なのだろう。何かの間違いでとんでもない勘違いをしたらどうしてくれるのか。

十束は俺の目から見ても美少女枠にカテゴライズされる存在。だからこそ、俺は何度だって言ってやる。陰キャに優しい美少女など幻想だ。

「それでは今日も張り切っていきましょうっ！」

「おー！」

元気のいい十束の掛け声に美桜も続き、意気揚々と外へ出ていく。無邪気に笑う十束のそれは、世の中の男子が求める後輩像を絵にしたようだ。

「先輩、どうしたんですかー？　早くしないと遅刻しますよ！」

「お兄早くー」

「ん、ああ。行くか」

「歯切れの悪い返事ですねー。もしかして瑞葉たちのことを考えていたんですか？」

「そうとも言うし、そうとも言わない。かもしれない」

「なんですかそれ。ダメですよー、先輩にガチ恋されても困っちゃいますからね」

「しねえよ」

とは言ったものの……陰キャに優しい美少女が妄想だったとして、その眩しさを俺たち陰キャが否定できるとは言ってない。

所詮は弄ばれるだけの弱者。虚《むな》しい限りだ。

「手でも繋《つな》いでいきます？」

「あらぬ誤解を生むから断る。二人で繋いでくれ」

「えー、お兄も繋いだらいいのに」

「朝から警察の厄介にはなりたくない」

「冷たいですねー。ではでは、美桜ちゃんのお手を拝借」

むう、と唸《うな》ってから、十束が美桜の左手を握って、俺たちは登校を始めた。

学校までの道のりはそう遠くない。十分ほど歩けば俺たちが通う学校、天道学院《てんどうがくいん》の大きな校舎が見えてくる。整備された並木道の先にある門を通れば、中等部と高等部で左右への分かれ道。

中等部の二人と別れて、俺は一人で高等部の校舎を目指した。

天道学院は東京にある中高一貫の異能者育成機関。

異能者は人口のおよそ一割しかいないが、異能力は人間の命を易々《やすやす》と奪う凶器になる。

そのため、制御を身につける場が必要だと判断した国が設立した教育機関である。

全国にいくつか異能者の学校はあるが、天道学院が規模も生徒数も一番多い。

また、異能者学校には異能の優劣をつける場ではないという方針が共通で掲げられている。これは異能者という存在が安全であることを印象付けるため……という意見もあるが、おおむね間違ってはいないと思う。

高位の異能者なんて現代兵器に匹敵する危険度だ。それが意思を持って存在しているとなれば、異能を持たない人が不安を感じるのは自明の理。

そういった理由もあって、異能者の青少年を一括管理できるように国立学校に収容している……という考えは少々ひねくれすぎか。

表向きは将来国の利益になる人材育成の場。国立学校なだけに設備や待遇が良いのは飴《あめ》の部分だろう。

玄関で上履きに履き替え、五分くらいの余裕をもって二年二組の教室に到着する。

談笑する人、机に突っ伏して眠る人、勤勉に授業の予習をする人。俺の存在には誰も興味を向けない。

窓際《まどぎわ》の一番前の席に座って、スマホを弄りながら適当に時間を潰していると、教室内に女子生徒の黄色い声が一斉に響き渡った。

またか、と思いながら完全無視を決め込んでいると、

「やあ、京《きょう》。おはよう」

爽やかな声が肩の後ろから聞こえて、げんなりとしながらも振り向く。

見るからにイケメンオーラが漂う男子生徒――神音颯斗《かみねはやと》が、俺に向かって白い歯を覗《のぞ》かせながら、女性陣なら一発で落ちるような笑みを浮かべていた。

モブ陰キャの俺には友達はおろか、知り合いと呼べる相手も少ない。

だが、俺に関わろうとしてくる物好きは一定数存在し、その一人が何一つとして接点がなさそうな颯斗だ。

イケメンかつリア充、勉学も優秀で周囲からの信頼も厚い颯斗ではあるが、『異能強度』はレベルⅡ。天は二物を与えても三物までは与えなかったようだ。欠点になるかと言われると微妙なところだが。

まさか自主的に挨拶をしてきた颯斗に返事をしないわけにもいかず、「おはよう」と短く返す。

瞬間、周囲の女子からの視線が一気に強まった。嫉妬や怒りにも似た負の感情を背に受けて居心地の悪さを感じるも、颯斗に悪意がない以上は何を言っても無駄だろう。

というか、波風立てたくない。

「相変わらずの不愛想《ぶあいそ》だね。寝不足？」

「いつも不愛想で悪かったな。寝不足だからホームルームまで寝かせてくれ」

「居眠りには気を付けなよ？」

「わかってるっての。てか、颯斗は俺なんかより相手をするべきやつがいるだろ」

ちらりと横目で気づけと念を送ってみるも、颯斗は軽く笑うのみだ。

頼むから鈍感系主人公はやめて欲しい。

「誰にも僕の交友関係を指示される覚えはないよ。じゃ、また」

「また来る気なのかよ……」

頭痛の種が増えたことに難儀しながら、やっと去っていった颯斗の背を見送る。俺から離れてすぐに友人たちに囲まれて、数人で楽しげに会話を繰り広げていた。

別に羨ましくなんかないんだからねっ！……普通にキモくて吐き気がしてきた。

やっぱり青春臭いセリフはイケメンと美少女が言うに限るな。少なくとも俺には似合わない。

俺は納戸《なんど》の奥で埃《ほこり》をかぶった日本人形よろしく静かに過ごしていよう。それで平穏な学校生活が送れるなら安いものだ。

再度机に突っ伏して時間を潰すと、教室にホームルームの予鈴が響いた。顔を上げれば扉が開いて、濃い隈《くま》を貼り付けたビジネススーツ姿の女性が入ってくる。

彼女は二年二組の担任、鳳《おおとり》静香《しずか》先生だ。静香さんの目は俺から見ても生気が感じられない。寝不足なのだろうか。

欠伸《あくび》を噛《か》み殺しながら教壇について教室を見渡し、

「……欠席なし。ホームルーム始めるぞ」

特に挨拶もなく、静香さんは連絡事項をクラスに伝えていく。

俺には関係する情報はなかったため話半分で聞き流していたが、

「──ああ、それと……佐藤京介《さとうきょうすけ》。ホームルームが終わったら生徒指導室に来い」

突然の名指しに教室全員の視線が俺へ向く。後ろからは「また?」「アイツ見かけによらねぇよな」などと、隠す気のない陰口が聞こえてくる。

事情を知らなければ俺もそう思ってしまうだけに、心の中で深くため息をつく。いや、事情があるにしても生徒指導室に呼び出すのはやめて欲しい。

俺は善良な一般生徒。断じて犯罪や非行に走ってはいない。

「ホームルームは終わりだ。さっさと授業の準備をしろ」

無愛想に言い残して教室を出ていく静香さんの後を慌てて追う。廊下では少し後ろを歩き、ややあって生徒指導室の中へ入る。

静香さんは窓辺のパイプ椅子へ乱暴に腰を下ろし、対面に俺が座るように指をさす。言われるがままに座ると、静香さんの口が動いた。

「──お前、何をした?」

端的な問い。

厄介事を持ち込んでくれたな、とでも言いたげな眼《め》が俺を射貫く。

「なんの事かさっぱり……」

「ああ、悪い。主語が抜けていた。お前は有栖川に何をしたのかって話だ」

「はい?」

「お前ら同じ仕事だっただろ。昨日、回収途中に有栖川を拾ってな。滅茶苦茶《めちゃくちゃ》に不機嫌だったぞ」

静香さんの言葉は、俺も所属する組織『異特《いとく》』の上司としてのものだった。

昨日静香さんは俺が処理したやつらの回収を担当していた。だから一緒に仕事をするはずだった有栖川のことを訊《き》かれているのだろう。

全部俺が悪いのはわかるけどマジで遭遇したくねえ……まだ死にたくない。

念のため経緯を説明すると、静香さんは唸りつつ眉間を揉《も》んで、

「お前と一緒に目的地まで行きたくない有栖川が道に迷った。で、全部終わったビルに有栖川を放置したまま帰った……と」

「終わったから帰るってメッセージを送ったと思ったら送れてなかったんですよね」

「そんなことだろうと思ったよ」

静香さんもある程度は予想できていたらしい。俺も有栖川が不機嫌な裏付けが取れてしまい頭を抱えた。

俺と静香さんにもどうしようもないことはある。真っ先に挙がるのが有栖川のご機嫌。機嫌が悪い有栖川は接触禁止どころか、視界に入れることすら躊躇《ためら》われる第一種危険物。しかも表情に大した変化がないため、傍目《はため》には普段通りに映る。

導火線に火がついてるのか確認できない爆弾とでも理解してくれ。……普通に質《たち》が悪い。

「佐藤京介、なんとかしろ」

「無茶言わないでくださいよ。俺が学校で有栖川とは関わりたくないって知ってますよね？」

「片や将来を約束された大企業の令嬢で生徒会副会長も務める才女。片やちょっと異能が使える程度の底辺生徒か？」

「間違っても教師が生徒に真っ向から言うセリフじゃないですよ」

「違うのか？」

「違いませんけど……俺みたいなのが有栖川と話してたら余計な反感を生むんです。平穏に学校生活を送りたい俺としては、有栖川と関わるのは得策じゃない」

学院内における有栖川の肩書は天道学院生徒会副会長。要するに、多くの生徒から代表にふさわしいと選ばれ、生徒会の一角を担《にな》っているのだ。しかも、次期生徒会長の最有力候補とまで噂《うわさ》されている。

俺と有栖川の学院での力関係は社長と下《した》っ端《ぱ》のバイトくらい離れている。真実が全く違うとしても、学校の生徒は裏の事情なんて知るよしもない。

そして、なにより。

「有栖川が興味を持っているのは異能強度レベルX——『異極者《ハイエンド》』の『重力権限《グラビティ・オーダー》』であって、佐藤京介という一人の人間ではありません」

もう話は良いだろう。

追及を避けるように席を立ち、生徒指導室を出ようと扉に手をかけた俺へ、後ろから声がかかる。

「一応言っておくが、有栖川が勝手にやるのに私の許可も指示もないからな。私は何も悪くない。気づかないお前が悪い」

「それ大人としてどうなんです？」

「知るか。そもそもお前らは仕事のパートナーだろう？　機嫌くらい取ってやれ」

「俺の扱い雑過ぎません？　確かに俺は有栖川とパートナーってことになってますけど、俺だけに任せるのは違うでしょう？」

俺が有栖川と一緒に仕事をするようになったのは数か月前。理由は連携力の向上のためと聞いている。

とはいえ、それは本当に必要なことだろうか。『異極者《ハイエンド》』の俺は異能者の格としては最高。有栖川も一つ下だが、十二分に強力な異能者だ。

だからこそ、他の異能者はいてもいなくても変わらないことがほとんど。

それに、誰かの背中なんて預かりたくない。

「『異特』所属とはいえお前と有栖川は高校生だ。未熟者同士で助け合えってことだろうな」

「俺がどうやって有栖川を助けろと？」

「知らん。それを考えるのも仕事のうちだぞ、京介。いや……『暁鴉《ぎょうあ》』？」

ニヤニヤと口角を上げて俺の厨二病《ちゅうにびょう》極まる異名を静香さんが口にした。返事をする気にもなれず、頬を引き攣《つ》らせたまま静香さんへ視線を送る。

第一、こんな呼び名を考えたやつ誰だよ。聞くだけで恥ずかしいからやめて欲しい。共感性羞恥ってやつ……じゃないな。俺のことだし。

前から思ってたけど異能犯罪者たちが『暁鴉《ぎょうあ》』なんて仰々しい呼び名を考えたとは思

えないんだよな。知り合いの中に犯人がいると睨《にら》んでいるが、真相は闇の中だ。

「ま、そういうわけだ。たまには高校生らしく青春してこい」

「有栖川と青春？　冗談だとしても笑えません」

俺の望んだ青春は灰色。変えたいとも思わない。

ぶっ飛んだ現実なんて仕事だけで腹いっぱいだ。

生徒指導室から教室へ戻ると、既に授業が始まっていた。担当の先生へ事情を説明してから席へつき、教科書を広げて授業に意識を傾ける。

鬱陶しいことこの上ない。教室のそこかしこでヒソヒソと話す声や視線が俺に向けられているのを感じる。

どうせ俺が何をやらかしたのか意味の無い憶測を重ねているのだろう。事実は俺と静香さんしか知らないのだから、早いとこ無駄だと理解して欲しい。

何事もなく授業は進み、午前最後の四限の終わりを告げる鐘が鳴り、挨拶をして昼休憩に入った。

購買のパンを欲《ほっ》して教室を走って出ていく生徒を後目《しりめ》に、鞄《かばん》から美桜が作ってくれた弁当を取り出す。可愛《かわい》らしい猫柄の包みを解いて蓋を開けると、彩《いろど》り豊かなおかずと海苔《のり》を散らしたご飯が出迎えた。

「今日はのり弁か」

毎日のように妹の手作り弁当が食べられる幸せを噛み締めながら手を合わせる。

まずは一口サイズのたこさんウィンナーを頬張り、続けざまにご飯を口に運ぶ。愛が詰まってる美味《おい》しさだ。素朴ながら安心する味、といえば良いだろうか。

何にせよ美桜が作ったのだから美味しいに決まっているけどな！

箸を休めず食べていると、不意に教室がザワついていることに気づく。俺には関係ないだろう。最優先は美桜が作ってくれた弁当を米粒一つ残さず完食することだ。

誰にも至福のひとときを邪魔させはしない――

「――佐藤京介」

……なんか、ご機嫌斜めな聞き覚えのある女の声がしたような。

いや、現実問題として有り得ない。俺と関わろうとするごく少数の物好きが昼食中にたまたま居るなんて。

「……聞いていますか、佐藤京介」

突如、声と共に机の上から消えた美桜の手作り弁当。

目で追ってみれば、艶のある白銀色の長髪と、それを彩る小さな青い花の形をした髪飾りが映り込む。女子制服に包まれるスレンダーな身体《からだ》は、とても美しいプロポーションを誇っていた。

人形のような白皙《はくせき》の肌。しかし、頬と唇の桜色が人間であることを示していた。パッチリ二重の目は綺麗《きれい》な海のような鮮やかな色合い。

まさか、という予感は的中した。

思わず悲鳴を上げたくなる気持ちを堪《こら》えて、至極冷静な対処を努める。

「……えっと、学校の有名人がモブ生徒の俺に何の用でしょうか、有栖川アリサさん。あと、弁当返して欲しいんですけど」

「私の声が聞こえていないご様子だったので。貴方《あなた》に用があります。お話を聞いて頂けますよね」

綺麗な顔に、慎《つつ》ましい微笑《ほほえ》みを刻んでその人——有栖川は俺に言った。訊き方に反して、俺に選択権は存在しない。

それは何故《なぜ》か、単純な理由。俺は周囲から素行不良と思われている底辺生徒であり、有栖川は生徒会副会長も務めるスクールカーストトップの才女だからだ。

しかも、有栖川の実家は世界に名を轟《とどろ》かせる大企業、有栖川グループ。手広い事業のみならず、異能研究にも多額の献金をしている。そんな家の娘となれば、一般庶民なんかと住む世界が違う正真正銘のお嬢様だ。

衆人環視の中で有栖川の誘いを断ればどうなるかなんて目に見えている。余計な反感を買って学校生活の居心地をこれ以上悪くはしたくない。

俺が取れる選択肢は承諾の一手のみ。

さらば、優雅で平穏なランチタイムよ。

「……ああ、わかった。それと、弁当返してくれ」

「これは失礼。では行きましょうか。お弁当も持ってきてもらって構いませんよ。私も昼食がまだなので、食べながらお話ししましょう」

丁寧に机へ戻された弁当を包み直し、ついてくるように無言で訴える有栖川の後を追う。

教室を出る際に嫉妬と憎悪《ぞうお》を込めた視線と、「有栖川様がどうしてアイツに話しかけたんだ……？」と心の底からの懐疑を感じさせる呟《つぶや》きが聞こえてくる。俺も全く同じ意見だからできることなら代わって欲しいよ。

まるで俺がいないかのような速度で有栖川は歩を進める。それに文句の一つも言わずに追随すると、階段を上って屋上へ繋《つな》がる扉の鍵を開けた。

「……つかぬ事を訊きますが、どうして屋上の鍵を？」

「静香先生に少しばかり相談したら、快く貸していただけましたよ」

静香さん……生徒に屈しないでくださいよ。不機嫌な有栖川と関わりたくないのは誰もが同じなのに、俺だけ生贄《いけにえ》って酷《ひど》くない？

静かな屋上を抜ける風は暖かく、ブレザーの布地がヒラヒラとはためく。安全対策のフェンス越しの景色は見晴らしが良く、つい夢中になってしまいそうだ。

「佐藤京介、来てください」

「へいへい……」

段差に腰を下ろした有栖川が座れと催促するので、二人分の間隔を空けて隣へ。ここまで来れば人の目は気にしなくていい上に、近づいてくる人が居れば気配と音で気づく。

普段のような話し方でぞんざいに応えつつ、食べかけの弁当を膝の上で広げる。隣で有栖川も手提げから小さな水筒と手作りらしいサンドウィッチを取り出した。

自分で用意したとは考えにくい。

有栖川の朝の弱さは折り紙付きで、起きて身支度を整えるので精一杯とは本人の言。

「で、用事ってなんだよ」

「どうして空のように広く寛大な心を持っている私が怒っているか、心当たりはありますよね」

有栖川は俺のことなど気にせず続けた。寛大？　誰のこと？

そんな疑問を浮かべ——有栖川の機嫌を損ねたくないと防衛本能が作用して思考を振り

払う。

一度咳払《せきばら》いを挟んで、

「……悪かった。先に帰るって連絡を入れたつもりだったけど、送れていなかったみたいだ」

きっちり身体を向けて謝り、有栖川の返答を待つ。

走る緊張。

大丈夫、流石《さすが》の有栖川も誠心誠意謝っている人を責めたりはしないはず——

「——事情はわかりました。意図せぬ事故だと、そう言いたいのですね？」

「あ、ああ。そうなんだ」

「ですが、私をほったらかしにした事実は変わりません。最低です、佐藤京介」

「今の流れでそれは無くない⁇」

そこはかとない理不尽さを感じて頬が引き攣る。有栖川アリサという人間への理解度がまるで足りていなかったらしい。

当然のように言ってのけた有栖川はサンドウィッチを頬張り始めた。

俺のことなど眼中に無いのか。しかし、不機嫌なまま帰す訳にもいかない。機嫌が直るまで胃が締め付けられるような思いをするのはゴメンだ。

「……で、何をすれば許してもらえるんですかね」

「話が早くて助かります」

初めからそれが目的かよ。

「俺にできる常識的な範囲で頼むぞ」

「誰も佐藤京介なんかに期待していません。……今度の週末、ちょっと付き合ってください。仕事と私用です。予定なんてすっからかんでしょう?」

「私用はともかく仕事?」

「ええ。まさか、都合悪く用事があるのですか?」

「……ないけど」

「なら決まりです。忘れたら美桜ちゃんにあることないこと言いふらすので、そのつもりで」

立派な脅迫ではなかろうか。

退路は残っていないものの、要求内容が不透明なことを除けば予想よりもかなりマシだ。

「私を満足させなさい」とかの抽象的な要求は本気で困る。

対人コミュニケーション弱者の俺に求めるべきじゃない。

「それと、今日の放課後は」

「わかってる。心配しなくていい」

「心配なんてしていません。貴方が来ないと、また待たされることになるので」

「その節は大変申し訳ありませんでした」

「……そこまで言われると私が悪人みたいじゃないですか。もう怒っていません」

頭を上げると、不服そうにむっと眉を寄せている有栖川の顔がある。素が美人だと怒っている顔も様になるな……なんて浮かんだ思考を、素知らぬ顔で呑《の》み込んだ。

火災現場に油を注ぎたくはない。

有栖川がこほん、と調子を取り戻すように咳払いをして、

「話は終わりです、佐藤京介」

「そうか。じゃあ、俺はこれで」

完食した弁当箱を包んで立ち上がろうとすると、右手首に細く冷たい指が絡《から》まる。ここでの力関係的に解くことはできそうにない。

「有栖川さん？」

「私のような美少女とのランチタイムを楽しめる機会はそうそうないですよ？　ましてや貴方のような年齢＝彼女なし……いえ、一生愛する伴侶を見つけられない貴方は、この幸運を噛《か》みしめるべきです」

「俺に恨みでもあるの？　てか、自分で自分を美少女なんて言うか普通。精神が腐ってるんじゃないのか？」

「手首、握り潰してもいいですか？」

「ひえっ」

「……冗談ですよ。そう怯《おび》えられると悪いことをしている気分になるのでやめてください」

ぱっと手を離して、有栖川は柄にもなく微笑んだ。そこらの男子生徒なら一瞬でノックアウトされる笑顔も、俺には裏があるようにしか見えない。

午後の授業が始まるまであと十分そこそこ。眠気を誘う春の陽気を浴びながら、普段より声のトーンが明るい有栖川と当たり障《さわ》りのない会話をして乗り切るのだった。

午後の授業を終えてから向かう先は高等部と中等部の中間あたりに位置する、一軒家くらいの大きさの建物だ。表向きには小規模なオリエンテーションなどで使われているが、今日の活用目的は少し違う。

既に開錠されている扉から中に入り階段へ。そして、一般生徒は立ち入り禁止と書かれた地下保管室の鉄扉《てっぴ》をノックする。

するると内側から扉が開かれ、光が漏れた。

「あ、京ちゃん！　早く入ってください！」

俺を出迎えたのは俺の胸くらいまでの身長の女子生徒、伽々里佳苗《かがりかなえ》さん。こんな背格好ではあるものの、伽々里さんは三年なので先輩だ。

「京ちゃん？　どうかしましたか？」

「ああいや、なんでもないです」

「そうですか？　悩み事があれば相談に乗りますから、気軽に話してくださいね」

萌《も》え袖と化した手を、自分の薄い胸に置いてポンポンと叩《たた》く。本人的には頼もしい先輩像を意識しているのだろう。どう返したらいいかわからず、苦笑で誤魔化す。

追って中に入り、鉄扉の鍵を施錠《せじょう》。きっちり閉まっているか確認も済ませる。

『保管室』という名目の部屋は、綺麗に整頓されていた。

備品のテーブルとパイプ椅子が中央に並び、壁際《かべぎわ》にはパソコンと数台のモニターも設置されている。天井から垂れ下がったスクリーンには、まだ何も映っていない。

そんな部屋にいるのは俺と伽々里さん、そして優雅に紅茶の入ったカップを傾けて読書に集中する有栖川の姿があった。

だが、有栖川も俺が来たことに気づいたらしく、本へ視線を落としたまま、

「遅かったですね」

「これでもホームルーム終わってから急いだつもりなんだけどな。十束は？」

「まだ来ていません」

有栖川が答えた直後、リズミカルなノックが部屋に響く。こんなことをする人物は一人しかいない。

俺を出迎えたのと同じように伽々里さんが扉を開けると、そこには笑顔の少女——十束瑞葉がいた。

「遅れてすみませんっ！」

「大丈夫ですよー。さっき京ちゃんが来たばかりなので！」

視線を受けて頷《うなず》くと、十束は有栖川の対角線上に座った。そして、俺を見ながら隣の座席を手でポンポンと叩く。

隣に座れと言いたいのだろう。特に座席へのこだわりがない俺は促されるままに座った。

「さて。これで『裏生徒会』メンバー大集合ですねっ！」

「『裏生徒会』なんて組織はないですよね、伽々里さん」

俺のツッコミなど意に介さないテンションの伽々里さんは、得意げにパソコンを操作した。キーボードを勢いよく叩いて、スクリーンへ映像を映す。通信中なのか、まだ黒いままだった。

「静香先生はどうされたのですか？」

「静香ちゃんはお仕事があるので、今回は私が進行を務めます！」

ふふんっ、と伽々里さんが鼻を鳴らして答え、スクリーンの映像が切り替わる。

映し出されたのはオフィス然とした背景と、一人の男性の顔。異能犯罪者を取り締まる国家組織『対異能犯罪特務室』──通称『異特』を取り仕切る異能者、地祇尊《ちぎみこと》さんだ。

厚い胸板がスーツを押し上げる巌《いわお》のような立ち姿は自然と威圧的な印象を与えるが、優しく人情のある人物だとこの場の全員が理解している。

地祇さんがいるのは官公庁が軒を連ねる霞《かすみ》が関《せき》。『異特』関係者が働いている部署だ。

今ここに『異特』のメンバーが集まっているのは、決して偶然ではない。

この集まりは『裏生徒会』ではなく、『異特』に所属している学生メンバーが集まったものだ。学院支部、なんて呼んでもいいかもしれない。

我が物顔で席に座っている十束と、先輩風を吹かせている伽々里さんも『異特』のメンバーである。

十束は二つの異能を持っている珍しい異能者だ。一つは離れた人と声を出さずに会話ができる『念話《テレパス》』。もう一つは接触した人間・物体の記憶を読み取る『記憶閲覧《メモリアル・リーダー》』。どちらも非常に有用な異能と言える。

「さすが伽々里先輩。私たちの中で唯一の大人なだけあって頼もしいです！」

「瑞葉ちゃん……！」

十束の発言を伽々里さんが大慌てで遮る。

伽々里さんは年齢を詐称して学院に籍だけを置いている、普通に成人済みの女性だ。学院と『異特』は繋《つな》がっているため、特に問題も起こらない。

伽々里さんが学院にいるのは俺や有栖川、十束との連絡などを円滑にするため。

制服姿が似合っているのは低めの身長と、本人の顔立ちが少々幼さを残しているからだろう。子供っぽい仕草と愛嬌《あいきょう》のある笑みは十代前半かと見紛《みまが》うほどだ。

つまり、伽々里さんは合法ロリ――

「何か失礼なこと考えてません？」

光を失った伽々里さんの目と、視線が交わる。

思わずたじろぎそうになる圧を感じながらも、俺は勢いよく首を横に振る。

「いやいや滅相もない」

「んんー……ならいいんですけど」

俺の弁解に気のせいだったのかと、伽々里さんは首を捻《ひね》りつつもスクリーンに視線を戻

した。

俺はひっそりと息をつく。勘が鋭すぎやしないだろうか。

そんな一幕を挟みつつ、地祇さんが厳かに口を開いた。

『よく集まってくれた。手短に用件を伝えるとしよう。昨夜、京介が捕らえた男に関してだ。あの男は『皓王会《はくおうかい》』と名乗る組織と関わりがあることが発覚した』

「『皓王会』ってなんですか――？」

『非合法組織の一つだ。現在組織を率いているのは皓月千《こうげつせん》という男のようだが、それ以外の詳細は不明。また、事件現場の調査をしたところ、精神に干渉する成分……以前出回っていた異能を増強させる薬物が検出された』

「……つまり、その『皓王会』が新しい薬物を作っている、ということですか？」

地祇さんの言葉を引き継いだ伽々里さんに、静かに頷いてみせる。

『今後、『皓王会』の動向にも警戒しつつ、調査を行う方針だ。既に信頼できる協力者へ依頼している。週末に調査結果を記した資料の偽造品を京介と有栖川で受け取りに行ってもらう』

「有栖川が言ってた仕事ってこれのことですか」

『話が早いな。偽《にせ》資料なのは釣りの目的もある。二人ならば後れを取ることはないだろうが、じゅうぶんに警戒して欲しい』

自分たちの情報が記されているとなれば邪魔が入る可能性もある。そこを撃退し、逆に情報を掴《つか》む。囮《おとり》作戦ということだ。

囮に学生を使うのはどうかと思われるかもしれないが、俺も有栖川も異能者の中では相当に強い。同格の異能者……『異極者《ハイエンド》』なんかが出張ってこない限りは大丈夫だろう。

「彼らの……『皓王会』の目的は一体なんでしょうか。優秀な異能者の確保、運営資金集め……こっちの戦力を削《そ》ぐことも可能性としては考えられますが、全部憶測の域を出ません」

伽々里さんが顎に指をあてながら言う。

結局のところ本人たちの口から吐かせるのが一番手っ取り早いと思う。地道な調査も大事なのはわかるが、一つの事件ばかりに時間を割いてもいられない。

異能者絡《がら》みの事件は毎日のように起こる。時間も人員も有限だ。

『連絡事項としては以上だが、質問は？』

地祇さんの確認に全員で顔を見合わせる。

『では、今日はこれで――っ』

地祇さんは何かを言いかけ、その寸前で弾《はじ》かれたかのように後ろへ飛びのいた。何かと

『保管室』にいる全員がスクリーンを注視する。

伽々里さんが「あっ!」と声を上げて、ある一点を指さした。

そこにいたのは、小さな蜘蛛《くも》。短い脚をせわしなく動かしながら、地祇さんのデスク上を歩き回っていた。

「もう……尊さーん。ちっちゃい蜘蛛に驚かないでくださいよー。それでも『異極者《ハイエンド》』ですかー?」

『……仕方ないだろう、苦手なんだ』

困ったように地祇さんは頭を掻《か》いて答える。その仕草は大きな身体《からだ》には似つかわしくない愛嬌と呼べるものがあった。

地祇さんは気を取り直すように咳払《せきばら》いをして、

『——とにかく、皆《みんな》も気を付けるように』

短く言い切り、ぷつりと映像が途切れる。

静かになった部屋で最初に口を開いたのは、十束だった。

「先輩っ、有栖川さんと仕事って聞いてないんですけど」

「俺も今日知ったんだが?」

「瑞葉も行きたかったですっ!」

「無茶言うな。仕事なんだから諦めてくれ」

どーどー、と猛獣を宥《なだ》めるような気分で接していると、静かに椅子が引かれる音がした。見れば、有栖川が文庫本を鞄《かばん》にしまって帰る準備をしている。思い出したように時間を確認すれば、短針が六を過ぎる頃合いだった。

「それでは、私はお先に失礼します」

「あっ、あーちゃんお疲れ様ですーっ！」

返事をしたのは伽々里さんだけで、俺と十束は会釈《えしゃく》だけで済ませる。去り際に向けられた冷ややかな視線は、俺への抗議だろう。存在が邪魔だったのかもしれない。

有栖川は止まることなく部屋を出ていった。

「……瑞葉、怒らせちゃったんですかね」

「気にしなくていいと思うけどな。有栖川の不機嫌なんて今に始まったことじゃないし」

「京ちゃん……それ、あーちゃんに言わないでくださいよ？」

「言いませんって。まだ死にたくないので」

「……あーちゃんも浮かばれないなぁ」

苦笑交じりに伽々里さんが呟《つぶや》いた言葉の意味はわからない。直接言及してこないということは、そこまで重要ではないはずだ。

そう結論付けて、俺も帰宅の準備を進める。「途中まで一緒に帰りましょう！」と誘ってきた十束と共に、美桜を待たせないようにと帰路につくのだった。

陽《ひ》が落ちて暗くなりつつある空模様。マンション前の道には買い物帰りの主婦や帰宅途中の学生の姿が見えている。

マンション内を通って、家の前の通路を軽く見渡した。朝と変化はないことに安心しつつ家の扉を鍵で開けて中へ。

「ただいまー」

玄関を潜《くぐ》って美桜に声をかけると、すぐに足音が近づいてくる。廊下とリビングを遮る扉が勢いよく開かれ、部屋着にエプロン姿の美桜が出迎えた。

「おかえりー！　ご飯もうすぐできるからねー」

「おう」

「今日はお兄が好きな生姜《しょうが》焼きだよ」

兄に理解のある妹で助かる。荷物を置き、部屋着に着替えてリビングへ。食欲をそそる香りに耐えられなかった腹の虫が鳴り、気づいた美桜に笑われた。

「そんなにお腹空《なかす》いてたの？」

「こんなに美味《おい》しそうな料理が並んでたら嫌でも腹は空くって」

「嬉《うれ》しいなあ」

美桜は照れているのか、「えへへ」と頬を掻く。うん、可愛《かわい》い。

でも、嬉しいのはこっちだよ。

帰る家があって、大切な家族がいて、温かい食事があって。これ以上、何を望むというのか。

奇跡のようなバランスの上に成り立っている日常。

その尊さは失わなければわからないもので。

一度、失ったもので。

「……どうしたの？　不細工な顔して」

「普通に傷つくからオブラートに包んで⁉」

「ごめんごめん」

てへ、と赤い舌を出して美桜はおどけてみせる。美桜に悟られるくらい顔に出ていたのだろうか。

大丈夫。今の俺は昔と違って力がある。

必ず、俺が美桜を守るんだ。

「そういえば、お昼にアリサさんに呼び出されたって本当？」

「中等部まで話広がってんの？」

「うん。だって、アリサさんは有名人だよ？　成績優秀で綺麗《きれい》だし、生徒会の副会長さんだし、異能だって凄《すご》いから中等部にもファンが多いんだよ？」

有栖川が人気なのは知っていたけど、噂話《うわさばなし》がそこまで広がっているなら……本当に学校では関わりたくないな。変なやっかみを生みそうだ。

でも、有栖川って結構ポンコツだと思うのは俺だけか？　方向音痴だし、微妙に感性がずれてるし、何考えてるかわからないし。学校と外でキャラを分けているんだろうな。否定する気はないけど、できるなら俺といるときも優秀なままでいて欲しい。

「しかも相手がお兄って聞いたから。何か悪いことでもしたなら謝った方がいいよ？」

どうして俺が悪事を働いたことが前提なのか。今日に限っては間違いではないものの、素直に認めるのは負けた気がする。

「昼を一緒に食ってただけだよ。今日の弁当も美味しかった」

「ならよかった。けど……アリサさんがお兄をランチに誘ったの？」

「誘われたというか強制連行されたというか」

「それはいくら何でも言い方が酷《ひど》すぎるよ」

でも事実ではある。

「まあ終わったことだし、早く食べないか？」

「そうだね。今日もお疲れ様」

「美桜もな。……そういえば、アレも異常はないか？」

「うん。安定してるよ」

「それならいいけど……何かあったらすぐ言ってくれ。先生のとこに突撃するから」

「心配性だなぁ」

困ったように頬を掻き、緩く笑む。

とはいえ、心配しすぎて損をすることはない。美桜は俺のせいで少しばかり特殊な事情を抱えている。

美桜が言うのであれば大丈夫なのだろうけれど、心配なものは心配だ。

温かな湯気が漂う味噌汁《みそしる》を啜《すす》り、滋味の溢《あふ》れる味に思わず感嘆の息が漏れる。

「相変わらず美味《うま》いな……」

「そうでしょ。おかわりあるからいっぱい食べてねー？」

それから流れるように美桜特製の生姜焼きに舌鼓《したつづみ》を打ちながら、ふっくらと炊き上がったご飯を口へ運んだ。

■

人が寝静まった深夜。

漣《さざなみ》立つ海が一望できる東京湾。埋め立てられた陸地に並ぶ巨大なコンテナの迷路。夜風が隙間を吹き抜け、漂う空気に混じる血と暴力の気配を遠くへ運ぶ。

響く三点バーストで放たれた銃声。

続けざまに応戦する拳銃の散発的な銃声がリズミカルに奏《かな》でられた。

「おい、こっちだ！」

「構成員を捕らえろッ‼　最悪殺しても構わん‼」

男たちの怒号が夜を裂き、再度マズルフラッシュが暗がりに閃《ひらめ》く。

東京湾で銃撃戦を繰り広げるのは、日本の特殊部隊と『皓王会』構成員の二勢力。

両者の戦力はほぼ互角。どちらにも死者や怪我人《けがにん》が出ているが、それが退《ひ》けない理由になっていた。

「くそっ、増援はまだかっ⁉」

「今増援が向かっているらしい！　それまで持ち堪《こた》えろ！」

隊長格の男が部下を鼓舞し、応と声を上げた部下。

「──っぁあああああっ⁉⁉」

「っ⁉」

その、頭を。

暗闇から浮かびでた人の手が掴《つか》んだ。

ギチギチと頭蓋骨に指がめり込み、軋《きし》む嫌な音が小さいながらも良く耳に届く。呆然《ぼうぜん》としながら彼を見つめる仲間は現実を直視することを拒絶しているようにも思える。

血走った眼《め》とぽっかりと開いた口で無言の助けを求める彼に、誰一人として手を伸ばせない。

そのまま、頭蓋をスナック菓子でも粉砕するような気軽さで握り潰した。

ぐちゅ、と割れ目から紅《あか》い脳漿《のうしょう》が飛び散り、髪先を伝って地面へ滴《したた》り落ちる。

あぶくを吹いて倒れ、闇から死を冒瀆《ぼうとく》するかのように背を踏みつける大柄な男が現れた。

「……ったく、こんな雑魚《ざこ》相手に俺様を呼びやがって。クソつまんねぇ」

男は耳穴に小指を突っ込みながら悪態をつき、今しがた殺した男の頭に唾を吐く。道端の石ころでも蹴飛ばしたかのような気軽さだ。

「なっ……⁉　お前、『白虎《びゃっこ》』──」

「お？　俺様のことを知ってるやつがいたか」

隊長が呟いたのは、部下を殺した男の異名。全世界に指名手配されている異能犯罪者であり、本人の異能強度は驚異のレベルⅨを誇る。

『異極者《ハイエンド》』一歩手前……それは、殆《ほとん》どの生物にとって圧倒的な格上の強者。

名を林道泰我《りんどうたいが》——通称『白虎《びゃっこ》』と恐れられる異能者が、彼らを襲っていた男の正体だった。

一同の脳裏を絶望が塗り潰す。ここで死ぬ、誰もが自分の役割や任務を差し置いて確信してしまっていた。既知の怪物を前にして本能的な怯《おび》えが足を竦《すく》ませ、一歩退くことすら許されない。

そもそも、一歩も百歩もレベルⅨ『白虎《びゃっこ》』からすれば大差なくキルゾーン内だ。

「めんどくせぇな。皆殺しでいいって話だが、それじゃあ趣がねぇとおもわねぇか?」

「…………っ」

「だんまりかよ。なら、ここは一つ懸命に生きてきたお前たちに免じてゲームをするか。ルールは単純——俺に捕まったら殺す。わかりやすくて良いだろ?」

ふざけたことを。誰もが思うも、口に出せた人はいない。

「十秒待ってやる。精々逃げ回って俺を楽しませろッ‼」

口角を最大限に上げて嗤《わら》う泰我の合図で、隊員たちが一斉に散らばった。少しでも人数を分散すれば、その分の時間くらいは稼げるという無言で交わした作戦。

犠牲が出るのは免《まぬが》れない。自分が真っ先に殺される可能性があるとしても、明日への可能性を繋《つな》ぐため自らの命を捧《ささ》げる。

高鳴る心臓の鼓動。手に滲《にじ》む汗、首筋がひりつく感覚。背を走る怖気《おぞけ》を深い息遣いで遠ざけて、自嘲気味に笑ってみせた。

そうでもしなければ、折れてしまいそうだから。

「さぁて、やるか」

十を数えた男が獰猛《どうもう》に一歩踏み出して。

虎の狩りが始まった。

case.2
乙女の秘密

The Raven & The Lady

The strongest problem buddy in the world
of special abilities

鴉　と　令　嬢

時はあっという間に過ぎて、週末。

今日は有栖川《ありすがわ》との約束がある。

朝から憂鬱な気分でいると美桜《みお》に心配されたが、事情を話すと驚きながらも張り切って身支度を手伝われた。『アリサさんと出かけるのにお兄のセンスは壊滅的だから！』と痛み入るご指摘を美桜から頂いて泣きかけたよ。

そんなこともあり、美桜曰《いわ》く清潔感を重視した服装と髪型にコーディネートされた。

黒のパンツと白地のTシャツ、そこにデニム生地のジャケットを羽織っている。髪はワックスを使って自然な感じに整えたとのこと。おしゃれ偏差値が低すぎる俺には意味があるのかわからなかった。

けれど、鏡に映る自分は普段より幾分かマシに見える。警察から職質を受けるような死んだ目の男子高校生とは似ても似つかない。

待ち合わせ場所の駅前でスマホを弄《いじ》りながら時間を潰していると、周囲の空気が変わったのを感じた。

ふと顔を上げれば、悠然と歩く銀髪の少女——有栖川の姿が暖かな日差しを背景に現れる。

「お待たせしました、佐藤京介《さとうきょうすけ》」

お嬢様らしく楚々《そそ》とした作り笑いを浮かべる有栖川。

周囲から「なんであんな冴《さ》えない男があの子の連れなんだ」と訴えるような視線が殺到する。どうせ釣り合わないとか俺の方がイケてるとか思っているんだろう。

俺だってそう思うよ、うん。

「待ってないって。迷って待ち合わせに遅れたわけでもないし」

「流石《さすが》に駅まで行くのに迷いませんよ。馬鹿にしているんですか？」

「心配してたんだよ。変な路地に入って変なのに絡《から》まれてないかと」

以前、道に迷った有栖川が柄の悪い集団に絡まれた事件があった。結果だけ言えば、正当防衛を主張する有栖川の手によって全員のされていたのだが。

外見だけは華のように綺麗《きれい》な有栖川は、人の好意と同じくらいに悪意を引き寄せやすい。

今日ももしかしたら……と腹を括《くく》っていたのだが、杞憂《きゆう》に終わったようだ。

「それより、何か私に言うことはないのですか」

「道に迷わなくて偉いって褒めればいいのか？」

「死にたいならそう言ってください。ではなくて、その……隣を歩く女の子の見た目くらい、褒めてもバチは当たらないと思います、よ？」

有栖川が僅かに頰を赤く染めて、目線を逸《そ》らしながら言った。

今日の服装は当然ながら学校の制服ではなく私服。

落ち着いたブラウンのブラウスには胸元に小さなリボンがあしらわれ、袖口が緩く膨らんだフェミニンなデザインだ。膝上で揺れる白いスカートの裾からは、ほっそりとした薄い黒のストッキングに包まれた脚がすらりと伸びている。

編み上げのショートブーツは汚れ一つなく、長い銀髪は後頭部の中ほどでねじりを加えて結んだものを、そのまま流した髪と重ねている。髪型の名前は知らないものの、よく似合っていた。

そして、サイドの髪は青い花の髪飾りで留めている。

俺の貧困な語彙力ではこんな言葉しか出てこないが、素直に言うのは憚《はばか》られる。言ったところで「気持ち悪いです」と吐き捨てられるのがオチだ。

かといって、有栖川の「褒めろ」という要求は満たさなければならない。彼女いない歴＝年齢の俺には難問すぎる。

頭をフル回転させてコンマ数秒。

「……まあ、いいんじゃないの」

散々苦しんで捻《ひね》り出したのは、無愛想も甚だしい褒め言葉と呼べないものだった。

だが、俺がかけられる言葉なんてたかが知れている。ましてや相手があの有栖川だ。下手なことを言えるはずがない。

緊張しながら身構えていると、有栖川は表情が抜け落ちた後に、深いため息をついて眉間を揉《も》んだ。口より先に手が出る事態は避けられたらしい。

「期待はしていませんでしたけど、もっと、こう……ないのですか？」

「頭の中で日頃の行いを加味して思考が二転三転した結果だ。受け止めてくれ」

「その口調、腹立たしいのでやめてください。人目がなかったら鼻を凹《へこ》ませていたところです」

「暴力より言葉で訴えてくれよ……」

平坦《へいたん》な口調だから怒っているのかわからないが、少なくとも有栖川はやると言ったらやる。人通りがある駅で命拾いしたな。

「それより、早く行きますよ。私の貴重な時間を無駄にさせないでください」

「はいはい……」

踵《きびす》を返して駅の構内へ歩を進める有栖川の少し後ろを、目的地も知らぬままついていく。

山手線《やまのてせん》に乗って電車に揺られ、原宿で降りる。ナウでヤングな若者たちに人気の場所……明らかに俺は場違いだな。人が多すぎて酔いそうだ。

「有栖川、迷うなよ」

「貴方《あなた》が誘導すれば良いだけの話では」

「手でも繋げと？」

「私が貴方に首輪をつけてあげましょう」

「俺は犬じゃないが⁇」

ふざけた会話をしながらも人混みを抜けて、駅の出入口で揃《そろ》って息をつく。既に精神的な疲労がヤバい。

できるならどこかで腰を据えて休みたいが……そうはさせてくれなそうだな。

「休む暇はありませんよ。時間まであと五分もありません」

「もっと時間に余裕をもって動けよっ⁉」

「私、朝は弱いので」

だったらもっと、こう……色々あるだろ。

半ば寝惚《ねぼ》けたままの有栖川と行動するか、時間ギリギリを攻めるかなら、確かに後者の方が精神衛生上まだ良《い》いな。それならそれで、先を急ぐか。

「で、場所は」

「『失楽園《パラダイスロスト》』という昼は喫茶店、夜はバーのお店です。道案内は任せました。迷いたくないので」

「場所知らないんだけど⁉」

「煩《うるさ》いです。迷惑なので静かにしてください」

いきなり正論パンチはやめて？

スマホで道を調べて大通りから枝分かれした路地へと入り、奥へ奥へと進むこと約五分。

息を切らしながらも、俺と有栖川は寂れた廃墟《はいきょ》同然の木造建築物の前にいた。

木の板を貼ったような扉には、掠《かす》れた文字で『失楽園《パラダイスロスト》』と書かれている。

「これ、本当に営業中？」

俺の言葉を無視して有栖川が扉を押してみると、ギギと金具が軋《きし》む音を上げながら開いた。

チリンと鳴る小さな鐘の音。

有栖川を追って中へ入ってみれば、バーと喫茶店が融合したような内装が出迎える。

落ち着いた色合いのテーブルや椅子は全て木製で、使い込まれ年季が入っていた。天井で回るシーリングファンの動きはぎこちない。薄暗く不気味さすら感じる店内……幽霊でも出そうだな。

「留守か？」

「そんなはずは――」

二人でぐるりと見渡すも、それらしい気配はどこにもない——

「ひゃっ⁉」

甲高い悲鳴は有栖川の口から。

肩を跳ねさせ、硬直した頬は心の底から驚いている証拠だろう。

何事かと下を見る有栖川の視線を追うと、足首に病的なまでに白い指が絡みついていた。

手を辿《たど》ると、テーブルの下に倒れながら「うう」と唸《うな》る人影が映り込む。

ソレは緩慢な動作で這《は》い出て、ゆらりと頭を片手で押さえながら起き上がった。

固まったままの有栖川に凭《もた》れかかるのは、黒い毛布を羽織ったボサボサ頭の女性。寒そうに身を震わせながら、欠伸《あくび》をひとつ。

「……よく寝たわ。今何時？」

「午前十時を過ぎたところですけど……貴女《あなた》は？」

「一応、ここの店主。夜泊《よどまり》茉冬《まふゆ》よ」

「佐藤京介です」

「知ってる。『異特《いとく》』所属の高校生で『異極者《ハイエンド》』。知らないはずがないわ」

ぴくり、と眉が上がる。

何故《なぜ》、存在自体を秘匿されている俺のことを知っている？

夜泊さんへの警戒心を強めつつ、様子を窺《うかが》う。敵か、味方か——と判別に困っていると、有栖川が「はっ⁉」と声を漏らしつつ我を取り戻して、

「——べ、別に私は驚いてなんかいませんよ。これは単に喉が詰まっただけで事故というかやむにやまれぬ事情があったからで断じて私が驚いたとかそういうわけでは」

「誰に何の言い訳をしているのか理由は訊《き》かないでやるから、色々説明してくれ」

「黙ってください微塵《みじん》切りにしますよ」

鋭い眼差《まなざ》しが俺を刺す。口を挟むことすら許されないらしい。

ホラー的な展開に耐性がなかったのは初めて知ったが、そこまで気にすることだろうか。

有栖川の思考がわからないなんて今に始まったことではないにしろ、その度に冷たくあしらわれる俺の心を気遣ってくれ。

有栖川はこほん、と体裁を整えるように咳払《せきばら》いをして、

「夜泊さんは『異特』の正式な協力者です」

「佳苗《かなえ》の知り合いだからってこき使われてるのよ」

「なるほど」

「さて、眠気覚ましにコーヒーでも淹《い》れてくるわ。二人もいる？」

夜泊さんの誘いに揃って頷《うなず》く。彼女はバーカウンターの奥へ入ってコーヒーを淹れ始め

る。

　俺と有栖川は間隔をおいて丸椅子に座って待つ。独特の香りが湯気に乗って鼻先へ運ばれ、少ししてから目の前にコーヒーの入ったカップが一つずつ置かれた。

「砂糖とミルクは適当にお願いね」

　言って、夜泊さんはブラックのまま一口飲む。

　俺はテーブルに並ぶ容器から角砂糖を一つカップに落とし、スプーンでよく混ぜてから口をつけた。正直なところ、インスタントコーヒーとあまり変わらない気がする。

「喫茶店の割にあんまり美味《おい》しくないって顔だね、京介くん？」

「いや、そんなことは」

「だってそれインスタントだし。素人《しろうと》が豆から挽《ひ》くよりはマトモな味だと思うわよ？」

　ケラケラと笑いながら、夜泊さんは再びカップを傾ける。

　その意見には激しく同意を示すところではあるが、なんとも言えない気分だ。インスタントコーヒーは美味しいけどさ。

　有栖川はミルクと砂糖を入れてマイルドな色合いになったコーヒーを息で冷ましながら、慎重に口をつける。しかし、直《す》ぐに口を離してカップを置いた。熱かったのだろう。猫舌らしい。

「ちゃんと冷ませって」

「言われなくてもわかっていますっ」

心底不満げに声を荒らげながらも、有栖川の仕草は優雅なままだ。身体《からだ》に染《し》み付いてる感じだな。

「夜泊さん。仕事の話をしませんか」

「そうね。頼まれていた『皓王会《はくおうかい》』に関する調査結果……のダミーの引き渡しね」

夜泊さんは近くの戸棚を漁《あさ》り、分厚い紙束を取り出してテーブルへ置く。文庫本くらいの厚さだ。

「本物は直接佳苗に渡してるから安心して。報告頼んだわ」

「確かに」

「ああ、それと……『白虎《びゃっこ》』という異能者には気をつけなさい。特に京介くん」

「俺ですか」

「彼は強さに敏感よ。隠していても、獣の嗅覚は誤魔化せない。君が後れを取るとは思えないけれど、気を引き締めることね」

「成程。ご忠告、感謝します」

異能者『白虎《びゃっこ》』……時間があれば伽々里《かがり》さんにでも訊いておくか。話の流れからして

『皓王会』に所属しているはず。戦うこともあるだろう。

「話は終わり。私は出かけるから店は閉めるわ」

「自由過ぎません？」

「自営業のいいところよ」

「では、私たちも出ましょうか。佐藤京介、さっさとしてください」

「尻に敷かれているのね」

「余計なお世話です。あと、敷かれてもいません」

「誰が死んでも貴方なんかと生涯を共にしようと思うのですか。恥を知りなさい」

「そこまで言わなくても良くない⁇」

頬を引き攣《つ》らせつつ答えるも、有栖川は反応すらしない。俺の扱いなんて無視でじゅうぶんということか。

店の空気が数度下がった気すらする中で、くつくつと夜泊さんは笑っていた。

「二人とも息ぴったりね。もしかしてカップル？」

「「違います」」

全く同じタイミングで否定を返してしまい、気まずさに耐えかねて目を合わせないように逸《そ》らし続ける。

今、有栖川と目を合わせたら……多分死ぬ。夜泊さんも刺激しないでくれ。苦しむのはこれからも付き合わされる俺なんだ。

「有栖川ちゃん気合入っているし、もしかしてこれからデートかと思ったんだけど」

「俺にも有栖川にもそんな気はありませんから邪推はやめてください。有栖川からも言ってくれ」

「私と佐藤京介がそう見えた、と？」

「ええ。違ったならごめんなさいね」

有栖川としては俺と彼氏彼女の仲に見られるのは屈辱以外の何物でもないだろう。今もきっと静かな顔をしながら、腹の中でマグマのように煮え滾《たぎ》った怒りを抱えているに違いない。

だが、有栖川は涼しい表情のまま、

「私と佐藤京介は仕事のパートナーというだけですので。そのような関係ではありません」

ぴしゃりと有無を言わせぬ口調で告げて、折り目正しく礼をしてから颯爽《さっそう》と店を出ていく。当たり前のことを言っただけ、という冷淡さが窺えた。

「えっと、すいません。俺も行くんで」

俺もコーヒーを傾ける夜泊さんに礼をして、有栖川の背を追って店を出た。

「で、どこ行くんだ?」

「黙ってついてきてくれれば良いです。貴方《あなた》は所詮荷物持ちですので」

「はいはい」

大通りへ戻り、人目をものともしない有栖川にぞんざいな返事をしながら歩く。有栖川の進路はモーセが海を割るかのように道ができるのは何故だろう。

傍目《はため》から見れば、有栖川は美少女と称して差し支《つか》えない容姿の持ち主だ。どちらかといえば可愛《かわい》いより美しいという要素の方が大きいように感じられるが、受け取り方は人それぞれ。

無意識に自分と比較してしまい、道を譲っていると考えられなくもない。

俺も正面から有栖川が来たら避けるし。単純に関わりたくないだけだけど。

周囲の視線を意識しなければ歩きやすいことに変わりはない。リスクがあるんだ、これくらいのリターンはあって然《しか》るべきだ。

にしても、『失楽園《パラダイスロスト》』を出てから有栖川の口数が妙に多い気がする。俺としては反応に困るし気《き》の利いた返しもできていないけど、有栖川がそれでいいなら実害自体は少ない。

「今日は春服を買おうと思っていまして。同年代の忌憚《きたん》のない意見が欲しいのですよ」

「俺にファッションセンスを求めるのは間違っていると思うが？」

「そこは期待していません。思うままに感想を言ってくれればいいですから」

「それくらいなら、まあ」

流行やら若者のトレンドやらとは縁がない俺にでもできるか。……できるか？　妹にファッション全部丸投げしてきた男だぞ？　まあ、まともな感想を言えなくても俺を連れてきた有栖川が悪いってことで。

有栖川が入った店へおずおずと俺も続けば、中は別世界が広がっていた。春らしいパステルカラーの服を纏《まと》ってポージングを決めるマネキン。少女趣味なゴシックロリィタから、大人びたシックなものまで幅広く揃《そろ》えられている。

客は俺と同年代か少し上の女性がほとんど。片手の数ほどは恋人と思われる男性を連れて楽しげにショッピングをしていた。

ここに長居するのは良くない。

とても、良くない。

「挙動不審なのは普段からですけど、私まで変に思われるのでやめてください」

「一々棘《とげ》が多い。挙動不審なのは間違ってはいないけど」

連れてきたのは有栖川だろうとは言わない。

ため息をついて、服の海へ乗り込む有栖川から離れないように歩き回る。

周囲の人がやたらと俺を見ている気がする……気の所為《せい》じゃないな。

さもありなん。こんな場所にいるモブ陰キャだ。注目を集めてしまうのは致し方ない。

「……これとかどうですか」

「いいんじゃないか？」

「語彙力が小学生並みですね」

「期待するなって言っておいただろ」

小学生並みの語彙力で悪かったな。服の名前とかデザインとかわからないし、経験ないことに出来栄《できば》えを求めないでくれ。

ただ……その対応も相手が有栖川だから成り立っている節がある。全部伝えなくても勝手に解釈してくれるから、こっちの負担は意外と軽い。

「——試着してきます。覗《のぞ》いたら明日の日の出は見れないと思ってください」

「覗かないし怖いからやめてくれ。有栖川が言うと冗談に聞こえない」

「冗談ではないですが？」

「余計にタチが悪い」

背筋に走る寒気を差し置いて、数着の服を抱えた有栖川が試着室へ消えていく。

ぱたん、と扉が閉じて。

待つこと数分で、扉が開いた。

「ちょっと少女趣味が過ぎますかね」

緩く広がったスカートの端を摘まみながら、有栖川は小さく呟《つぶや》いた。

試着してきたのはコスプレ感が拭えない黒のワンピースドレス。細部にあしらわれたリボンやフリルが動く度に揺れて、くるりと回れば柔らかな生地のスカートが花開く。高めのヒールを鳴らして歩く様は、御伽噺《おとぎばなし》から飛び出してきた姫のようだ。

対照的な色合いのせいか、有栖川の銀髪も鮮明に映る。

「……そんなに見られると恥ずかしいのですが」

「っ、悪い。なんか、言葉も出ないくらいに綺麗《きれい》だったから」

「～～～っっっ⁉⁉　あ、あああああ貴方は突然なにを言っているのですかっ⁉」

「率直な感想を、って言ってたろ⁉」

店内に有栖川の声が響いて何事かと店員さんと他の客から視線が殺到し、「声抑えろ」と小声で伝えれば無言で殺気の籠った視線が俺を射貫く。

いくらなんでも理不尽が過ぎる。思わず逃げ出したくなったじゃないか……逃げたら後が怖いから留《とど》まったけど。

それはそうとして、有栖川に伝えた感想は紛れもない本心だった。気を遣ったとか生命保護のためでは断じてない。

なのに、有栖川がバグった。俺は何も悪いことしてないよな？

こんな有栖川の表情は中々にレアだ。そういうのは将来を誓い合った恋人にでも見せてやれよ、きっと喜んでくれるぞ。

俺は顔色を変えずに心の中で「リア充乙」って中指立ててやるから。負け惜しみじゃない。本当だからな？

「――こほん」

有栖川が気持ちをリセットするためか軽く咳払《せきばら》い。さっきの動揺はなかったことにしたいらしい。人を殺せそうな視線が如実《にょじつ》に訴えている。

大丈夫、俺は誰にも話さないさ。話せるくらい仲がいい友達もいないからな。

「別のものに着替えてきます。次、おかしなことを言ったら……わかっていますよね」

「そんなに変なこと言ったか？」

俺の抗議に答えることなく、有栖川は試着室の中へ。

そして。

「やっぱり何を着ても様になるな。口は悪いけど素材がいいから当たり前か」

「〜〜〜っっ⁉」

再び試着した有栖川にありのままを伝えただけなのに顔を真っ赤にして頬を抓《つね》られた。

結構力入ってて痛いからやめてくれ。

有栖川はすぐさま試着室に閉じこもり、俺がジンジンと痛む頬をさすっていた時。

「――っ、地震？」

足元を襲った震動。徐々に大きくなり、止まる気配がない。

店内に響く悲鳴。棚が傾いて飾られていた洋服が床へ散乱した。誰もが現状を正確に把握できていない。

試着室にいた有栖川も例外ではないようで、

「何事ですかっ⁉」

「バカっ、いきなり扉を開けるな危ないだろっ⁉」

迫る扉を回避して慌てた様子の有栖川に注意するも、耳に入った様子はない。

俺の話を聞かないのはいつものことだと意識から切り離して……有栖川が着替え途中で飛び出してきたことに気付く。

掛け違えた胸元付近のボタンの隙間から覗く肌色と淡い水色のそれ。ストッキングも穿《は》

き忘れ、試着室の中に放置されている。

しまいにはブーツを左右反対に履いているが、紐《ひも》を結びなおそうとして違和感を感じたのか俺を睨《にら》んだ。自分の失敗を俺に当たらないでほしい。

それはそうとして……言うべきか、知らないふりをするべきか。

コンマ数秒で結論をはじき出して、気が乗らないまま口を開く。

「……有栖川」

「なんですか今忙しいのですが察してくれませんか」

「自分で蒔《ま》いた種だろ。それより……胸のとこのボタンなおせよ」

後の展開を予想しながらも目を合わせて伝えると、きょとんとした風に首をかしげてから有栖川の目線が下がって。

不自然に空いた隙間を捉え、そこから見えるであろう光景を理解したのだろう。

「っ!? まさか見えて……っ」

険のある鋭い眼差《まなざ》しが向けられた。

「……悪い、見えた。言い訳する気はないよ」

事故とはいえ見えたのだから、嘘《うそ》をついても無駄。何より不誠実な対応はしたくない。

有栖川は羞恥で赤くなった顔を俯《うつむ》いて隠して微動だにしない。すぐさま殴られるのではと思っていただけに、有栖川の反応に困惑する。

ビクビクしつつ窺《うかが》っていると、深いため息とともに有栖川が立ち上がった。

「……今のは私の不注意です。申し訳ないと思っているのなら忘れてください」

「あ、ああ」

一方的に告げて後ろを向き、衣擦《きぬず》れの音が聞こえる。素直な謝罪に毒気を抜かれて目を逸《そ》らし、記憶を消去しようと努めている途中。

轟《とどろ》く盛大な爆発音。

「──異能者の男が暴れてるっ！」

「誰か警察を呼べっ‼」

数々の悲鳴に交じって耳に入った情報に瞬時に反応した俺と有栖川が視線を交わす。

「不届き者の対処は私が。役立たずの貴方は逃げてください」

俺が安易に外で異能を使うのは都合が悪い。それを見越して有栖川は俺を逃がす……もとい、逃げた人の安全を俺に託すようだ。

回りくどい言い方でも、意図はしっかり伝わっている。

「こっちは任せろ。有栖川もやり過ぎるなよ？」

「どうして私が合わせなければならないのですか」

振り返ることなく、有栖川は悠然と店外へ歩を進めていく。緊張や不安は一切見受けられない。

有栖川アリサ——彼女も上位《アドバンス》の異能者であり、圧倒的強者である。

剣呑《けんのん》な雰囲気を漂わせながら、静かに呟いて、

「——折角の楽しい休日を台無しにしてくれたんです。相応の報いはあって然《しか》るべきですよね」

■

濁流のように押し寄せる人の波に逆らって、アリサは突き進む。

足取りに迷いはない。微塵《みじん》も不安を感じない振る舞いは、彼女の素だ。

（……腹立たしい。よりによって今日でなくてもいいでしょうに）

表情にはおくびにも出さず、アリサは僅かに足取りを早める。

折角取り付けた貴重な外出の約束だったのだ。楽しみにしていたとは口が裂けても言えず、出てくるのは鈍感極まるパートナーへの悪態ばかり。

こんなはずではなかったのに、さらに余計な邪魔が入ってしまってアリサの機嫌は急降下していく。

やがて人気《ひとけ》のなくなった大通りの真ん中へたどり着くと、一人の少年がバチバチと指先で青白い火花を散らして錯乱したように嗤《わら》っているのを見つけた。

あれが騒ぎの元凶で間違いないだろう。だが、もしもを考えて、アリサは一応の確認をとる。

ポケットから取り出したスマホで連絡をつける。２コール目で繋《つな》がり、間髪入れずに問いかけた。

「伽々里さん。あれであっていますか」

『暴れている異能者のことなら合っています。監視カメラの映像を元に『異特』のデータベースを参照したところ、彼は天道学院《てんどうがくいん》の生徒、落良光《らくらひかる》十六歳。異能はレベルⅢ『静電気《ショートボルト》』ですが、監視カメラに残っていた映像から推測するに、彼が使える異能の範疇《はんちゅう》を超えています』

異能は規模や優先度に応じて、異能強度というレベル分けがされている。レベルはⅠからⅩまで存在し、数字が大きくなるほどに異能の危険度が増す。また、ⅠからⅢを下位《ロー》、ⅣからⅥを中位《ミドル》、ⅦからⅨを上位《アドバンス》と呼び、例外的にレベルⅩを『異極者《ハイエンド》』と表記している。

基本的に異能強度が高いほうの異能が優先される。相性などはあるものの、実質的にはレベル＝強さだと考えていい。

「学院の生徒……それに、まさかドーピングの類いでしょうか。例の件とも関係がありそうですね。高く見積もっても中位《ミドル》……レベルⅥが限度。敵ではありません」

『警察と連携して周辺の封鎖も進んでいます。邪魔が入る可能性は極めて低いです。迅速な制圧をお願いします』

「ほどほどなら痛めつけてもいいですよね。そうでもしないと止まってくれそうにありませんし」

『京ちゃんとのデートを邪魔されたからって――』

ぷつりと通信を切って、不満げに踵《かかと》を鳴らす。

別にそういう感情ではないと誰に対してかわからない言い訳を胸の中で吐き連ねながら、黒煙に覆われた空を仰ぐ男へと歩み寄る。

アリサのご機嫌は斜めも斜め。表情には出ていないが、オーラなんてものが見えれば、アリサが纏《まと》うのは燃え盛る業火《ごうか》の如《ごと》き緋色《ひいろ》だろう。

「何見てんだよ」

しかし、光は怖気《おじけ》づくことなくアリサにガンを飛ばす。挑戦的な……もとい、命知らずな行為だった。

「——落良光。貴方《あなた》を現行犯で拘束します。拒否権はありません」

静かに宣言をして、勢いよく踏み込んだ。一瞬で懐《ふところ》まで潜り込み、腰のひねりを加えた掌底を落良の顎めがけて打ち放つ。

流水のように滑らかで速い一撃に光の反応は追いつかない。手のひらから伝わる確かな手ごたえと同時——アリサの全身へ痺《しび》れと焼けるような熱さが走る。

「——っ⁉」

反射的に飛び退き右《の》手を確認してみれば、痛々しい火傷《やけど》の痕が残されていた。皮が捲《めく》れて赤い肉が剝《む》き出しになった手は不意を打たれた証拠。

異能強度の差を考えれば素手で押し切れると思っていた。その認識は間違ってはおらず、光は足をふらつかせながら頭を押さえている。

脳震盪《のうしんとう》を起こすつもりで放ったものの、反撃に対して咄嗟《とっさ》に身を引いたからか当たりが甘かったようだ。

「……自動反撃？　だとすれば迂闊《うかつ》に攻めるのは危険ですね。まあ——」

「クソがッ‼」

光が声を荒げて叫び、拳に青いスパークを纏わせてアリサへと殴り掛かる。動きは素人《しろうと》同然。警戒すべきは異能だけ。

至って冷静に、アリサは自身の異能を解放する。

「――『剣刃展開《ブレード・オン》』双刃剣《デュアル》」

光の拳はアリサへ届くことなく、虚空《こくう》から現れた交差する二振りの剣の腹に阻《はば》まれた。

受け止めた剣が無数の銀片へ姿を変えて、アリサを守るように周囲を廻《まわ》る。

光は防御を捨てての特攻を続けるが、打撃も異能による雷撃も流動的に動く銀片が全て迎撃して叩《たた》き落とす。

遂《つい》に息を切らして膝をつく光を見下ろすアリサの表情は涼しげだ。

「参考程度に教えてあげますが、私の異能はレベルⅨ『剣刃舞踏《ブレードダンス》』。貴方には万に一つも勝ち目はありません」

推定レベルⅥと本物のレベルⅨの戦闘力など比べる余地もない。ましてや暴走した一般人の光と対異能者を想定した戦闘訓練を積んでいるアリサでは、地力の差も歴然だ。

「おとなしく罪を認めなさい」

浮遊する剣の切っ先を光へ突き付けて降伏を促す。アリサの異能は殺傷力が高過ぎて、直接当てるだけでも重傷を負わせてしまう。

アリサのように『物質系《マテリアル》』の異能者であれば、修練が必要だが精神にのみダメージを与える『虚実体《ヴォイド》』という異能の発現方法もあった。『虚実体《ヴォイド》』なら、生身の身体《からだ》に傷を負わせることなく戦闘不能にもさせられた。

だが、敢《あ》えて圧倒的な力の差を見せつけ、降伏を促す方が早いし後処理も楽だ。

そう考えての行動だったが。

一つ、その思考には穴がある。

「——クソ、が」

「っ、貴方、やめなさい！　それ以上動いたら斬りますよッ」

「うるせぇッ‼」

血走った眼《め》で有栖川へ飛びつこうとする落良。

身を守るため慌てて薙《な》いだ剣は鈍く、隠し切れない迷いが宿っていた。

——止まって、止まってよ……っ！

過去のトラウマが脳裏を過《よぎ》る。いつかの光景と重なって精神の芯が揺らぎ、結果として『虚実体《ヴォイド》』への再顕現が遅れてしまう。

アリサは込み上げる苦いものを堪《こら》えるように唇を噛《か》んだ。

鋭利な刃は光の二の腕の肉を容易にそぎ落とし、鮮烈な赤い飛沫《ひまつ》と喉が張り裂けんばかりの絶叫が通りに響く。

しかし光の動きは止まらず、アリサをアスファルトへ押し倒した。

後頭部が激しく衝突し、意識が揺らぐ。息が吐き出され、顔と胸元に鉄臭さを伴った温かな血液が降りかかった。大きく血走った両目を見開いた光と視線が交わる。

背に感じる硬い感触。

アスファルトへ縫い付けるように肩を押す手は本来なら容易に解けるはずなのに、強張《こわば》った身体は鉛のように重く動かない。

「なんで……っ」

アリサを襲っていたのは本能的な恐怖心。

見逃していた可能性──それは、光が冷静な判断を下せる精神状態ではなかったことだ。あくまでアリサの思考は常識の範疇で光の心理を予想していたために、異常な行動への対応が遅れた。

光の左手が肩から外れ、アリサの小顔をすっぽりと覆った。

何をする気なのか一瞬で理解してしまったアリサの背筋を悪寒《おかん》が駆け抜ける。二人の立場は逆転していた。

「いや……っ、たす、け、て」

か細い悲鳴は誰にも届かず、視界に青い光が奔《はし》る。数秒後の自分を想像して頭の中が真っ白になった。

——もう、だめだ。

恐怖に耐えかね、瞼《まぶた》を閉じて。

「——うらあああああっ‼」

耳朶《じだ》を打った聞き覚えのある声音に驚いて目を開けば。

見知った青年が、光の腹を蹴り上げる瞬間だった。

■

ほかの人を守るように言われていたが、どうにも妙な胸騒ぎがあった。

警察が周辺の封鎖を済ませているなら安全だと思い、人目を忍んで様子を見に行くと、アスファルトに押し倒されている有栖川を発見した。しかも、男の手に青い電気のようなものが弾《はじ》けている。

一刻の猶予もない。

そう判断した俺は助走をつけて、

「うらあああああっ‼」

男の腹を蹴り上げた。加減はしたが、不意を打たれた男の身体はくの字に折れて吹き飛び、コンクリートの壁へ激突。しばらくは身体の自由が利《き》かないはず。

男に意識を向けたまま、目じりに涙を浮かべて仰向《あおむ》けに倒れる有栖川へ手を伸ばして、

「間一髪だったらしいな。無事か」

「誰に、言っているのですか」

言葉自体は刺々《とげとげ》しいが、握り返す左手に普段のような強さはない。右手は火傷を負っていることが窺《うかが》えた。あの男にやられたのだろう。

手当てをしたいけど、今は耐えてもらうしかない。

有栖川は俺を支えに立ち上がったはいいものの、両足が震えていた。紺碧《こんぺき》の瞳に宿る怯《おび》えの色。傍若無人な有栖川と本当に同一人物かと疑ってしまう。

「何があったんだよ」

「……ごめんなさい」

「俺なんかに謝るな。春の大雪とか勘弁だ」

有栖川は目を伏せて、ジャケットの裾をぎゅっとつまんだ。

相当に堪《こた》えているらしい。精神的ダメージのほうが深刻だな。

実は過去にも一度、有栖川が似たような感じになったことがあった。有栖川の異能が暴走したときだ。ただでさえ色白な顔が蒼白《そうはく》になり、自意識を喪失しているかのように呆然《ぼうぜん》

とした表情は記憶に残っている。

詳しい話は聞いていないが、恐らく今日のこれもその延長線上だろう。

「あいつは任せろ。精神状態が不安定なまま異能を行使するのは危険だ」

「……察しなさい」

「はいはい」

要するに『この場は任せる』と言いたいらしい。本気で有栖川専用に通訳を雇ったほうがいいのではなかろうか。訳者がいるのかは謎だけど。

「てわけで、選手交代だ。お手柔らかに頼むぞ」

「殺す」

起き上がった男は全身に青い稲妻を纏って立ち上がる。

うまく矛先をそらせたようで何よりだ。

「……推定レベルⅥ、伽々里さんによると元の異能は『静電気《ショートボルト》』、と」

「あれが『静電気《ショートボルト》』？　冗談きついって」

有栖川の情報提供に感謝しながらも、小さく舌を打つ。

普通にバチバチって電気見えてるけど？　どこからどう見ても『静電気《ショートボルト》』なんて可愛《かわい》らしいものじゃないだろ。電気系の異能でも上位《アドバンス》に匹敵しそうだ。直接触れるのは危険か。

さて、どうしたものか。

俺は常に異能のレベルを下げる器具を装着して生活している。右手の人差し指に嵌《は》められた指輪がそれだ。

安易に『異極者《ハイエンド》』の力を振るうことは許されないけど――

「さっきの話的に伽々里さんは状況を知っているよな」

「おそらくは」

「なら使ってもごまかせるか」

一種の緊急事態だ、広い心で許してくれるだろう。指輪のボタンを押すと、色が純白に変わる。

同時に見えない力が戻ってくるのを感じた。

指輪は異能抑制効果がある特注品であり、白は制限を取り払った『異極者《ハイエンド》』状態を示している。

「苦しまないように一瞬で仕留めてやるよ」

「あああああああああああっっ‼」

獣の如《ごと》き叫びをあげて、男が走る。

雷効果で加速でもしているのか、青い尾を引く姿は彗星《すいせい》のようだ。踏みしめたアスファルトがひび割れ砕け、瓦礫《がれき》が宙を舞う。並大抵の異能者なら、その威力で倒せるだろう。

だが、

「――足りない」

あまりに遅すぎる。

その程度で超えられるほど『異極者《ハイエンド》』は甘くない。

『過重力《ハイ・プレッシャー》』

二割まで加減しての異能行使。それだけで男の身動きは完全に停止し、ばたりと顔面から倒れた。脳への血流量が著しく低下しての失神。

狙い通りだな。『異極者《ハイエンド》』を相手にすればこんなものだ。

これで一件落着。伽々里さんへ電話をかけると、すぐに通話が繋《つな》がり、

「京ちゃん!?　あーちゃんは」

「有栖川は無事ですよ。ケガはしていますけど」

「よかった……でも、どうして京ちゃんが?」

「有栖川は動けなくなったみたいなので俺が対処しました。お手数ですが証拠隠滅をお願いします」

「……また仕事が増えるんですね、わかっていますよ、ええ。それが私の仕事ですから」

電話越しに伝わる哀愁が滲《にじ》んだ社畜の苦悩に申し訳なさを感じながらも、頼めるのは伽々里さんしかいないのだ。

「すぐに回収班が向かいます。そのまま待機をお願いします」

「わかりました」

「あ、それと……あーちゃんのこと頼みましたよ」

「フォローはしてみます」

返答に満足した伽々里さんが通話を切ったので、スマホをポケットにしまって壁に背を預けて座る有栖川の隣へ。

有栖川は力の入っていない目を向けて、

「……笑いに来たのですか？　不細工なうえに悪趣味なんて救いようがないですね」

悪態をつくものの、口調と雰囲気にキレがない。弱みを見せたくないという強い意志を感じる。

「無理すんなよ。目撃者は俺だけだ」

「つまり貴方《あなた》を消せば私の尊厳は守られる……と」

「平然と物騒な思考をするな。俺が喋《しゃべ》らなきゃいいだけだろ」

「喋る相手がいるんですか？」

「片手で数える程度の友達くらいいるって。多分」

「ふぅん」

さては疑ってるな？

改めて数えてみようとすると、有栖川がぽつりと呟《つぶや》く。

「──私は」

「ん？」

「……私は、その片手に入っているのかと聞いているんです」

俯《うつむ》いて顔は隠したまま。

その問いが意味するところは理解できなかったけれど。

「心配で駆けつけるくらいには大切な仕事仲間だと思ってるよ」

本心での一言。

遅れて気恥ずかしさがこみ上げる。動揺だけでも表に出さないようにすると、有栖川がクスッと笑って顔を上げた。

「──心底気持ち悪いですね。鳥肌立ちました」

「ほっとけ」

数十分ほどして回収のために来たワゴン車で原宿を抜け出し、向かう先は天道学院の医務室。

医務室を取り仕切る人物は、『異特』に所属している希少な治癒系の異能者だ。先生ならこれくらいの火傷《やけど》は簡単に治療できる。

「貴方までついてくる必要はなかったですよね」

「今日付き合えって言ったのは有栖川だろ」

「……勝手にしてください」

諦めてくれたらしい。あんなことがあった後なら無理もないか。

そう思いながら、医務室の扉をノックする。

「先生、いますかー?」

「――いるわよ～」

優しげな女性の間延びした返事を受けて、鍵のかかっていない扉を開けた。

室内には微《かす》かな消毒液のツンとした香りが漂っている。カーテンはすべて閉じられていて薄暗く、加湿器の稼働《かどう》音が控えめに響いていた。

食べかけのお菓子の袋が散らばっている仕事机。

その前で、白衣の女性が俺たちを出迎えた。

「あら。京介くんとアリサちゃんじゃない」

「どうも久しぶりです、五條凪《ごじょうなぎ》先生」

医務室の主《あるじ》である凪先生は朗らかに微笑《ほほえ》む。

二人そろって会釈《えしゃく》し、丸椅子に腰を落ち着ける。

凪先生は大きな胸の前で腕を組み、有栖川の右手に気付いて「ああ」と軽く手を鳴らした。

「アリサちゃんが怪我《けが》なんて珍しいわね」

「……そうですね」

「すみません。今はそっとしておいてください」

「貴方は黙ってください」

「相変わらず妬《や》けちゃうくらいに仲がいいのね」

「「違います」」

「ほら、息もぴったり」

凪先生……揶揄《からか》うのはやめてくれ。皺寄《しわよ》せがくるのは俺なんだ。

「アリサちゃん、そっちのベッドに座ってもらえる?」

「わかりました」

　有栖川は窓際に置かれたベッドへ移動し、凪先生が右隣に座って火傷を負った右手を両手で包み込む。

「……っ」

直接傷口を触られては流石《さすが》に痛むのか、有栖川の表情が僅かに歪《ゆが》む。しかし、凪先生は構わず異能を行使する。

凪先生が小声で呟くと、両手にマカライトグリーンの淡い輝きが灯《とも》った。光は有栖川の右手をあっという間に覆い隠す。光が引けば、酷《ひど》い火傷は嘘《うそ》のように消えて綺麗《きれい》な素肌が戻っていた。

凪先生の異能――『再生加速《アクセラレーナ》』は何度見ても綺麗なものだ。

傷の治癒を加速させ、まるで時を戻したかのように傷痕すらなく治してしまう異能。治せる範囲は骨折や創傷などの可逆的な傷であり、欠損や病気までは専門外だ。

本人曰《いわ》く、『その状態が正常な姿だから』らしい。凪先生にはなんとなく治せるものと治せないものが感覚的にわかるとのこと。

「終わったわよ。気分はどう？」

「特には。とても眠いくらいです、ね」

「異能の特性上、体力の消耗が激しいのよ。眠気は副作用のようなものね。傷をなかったことにしている訳ではないから」

「強力な異能であることに変わりはないですよ」

「まあ、そうね。アリサちゃんは少し眠っていったほうがいいわ。いつも色白だけど、今は顔色が悪いように見えるから」

「……では、少しだけ」

瞼《まぶた》を軽く擦《こす》ってゆっくりと頷《うなず》く有栖川。

邪魔にならないようにと凪先生が有栖川の銀髪をヘアゴムで軽く結わえる。その間に有栖川はブーツを脱いで、身体《からだ》を横へ倒して目を瞑《つぶ》った。

俺を気にする余裕もないようだ。或《あ》いは信頼の表れ……はないか。ジロジロ見るのも良くないし、一足先に退散しますか――

「あ、京介くん。仕事でここ空けるから、アリサちゃんを頼んだわよ」

「は？　え？」

「怪我人は来ないと思うけど、来たら留守って伝えて。アリサちゃんが起きたら鍵も開けっ放しで帰って大丈夫よ。ああ、それと」

「……まだ何か？」

「今のアリサちゃん、無防備よね。思春期真っ盛りな高校生が医務室で二人きり。しかもアリサちゃんは寝ている。何も起きないはずがなく――」

「起きませんよ、何も。それより仕事遅れますよ」

「冷たいわね。じゃ、行ってくるわ」

凪先生は走って医務室を出ていく。その背を送って、俺は眉間を押さえつつため息をついた。

「どうすんだよ、これ。放置するわけにもいかないし」

早くも夢の世界へ旅だった有栖川。

銀の毛束を白いシーツへ流し、呼吸の度に薄い胸が軽く上下する。伏せられた長い睫毛《まつげ》が妙に艶《あで》やかだ。

当然ながら有栖川の寝顔を見るのは初めてのこと。

寝息と衣擦《きぬず》れの音だけ流れる空気が痛い。しかも発信源が有栖川と考えると、否応《いやおう》なしに緊張してしまう。

「……喉渇いたな。なんか買ってくるか」

仕切りのカーテンを閉めて、医務室のすぐ外にある自販機で缶コーヒーを買って戻り、椅子に腰掛けて身体を休める。缶コーヒーを片手に気を紛らわすべくスマホを弄《いじ》り、適当に時間を潰し――空が茜色《あかねいろ》になった頃。

「ん、っ」

カーテンの向こうから響く微かな呻《うめ》き声。

ばさり、と音がして。起きたのかと様子を窺《うかが》うも、有栖川が出てくる気配がないまま数分経《た》ってから、ようやくカーテンが開いた。

「起きたか」

「……京、介？」

やや舌足らずな声音で、有栖川は珍しく名前だけを呟いた。

ぼけーっとした紺碧《こんぺき》の瞳が俺をぼんやりと映す。有栖川の寝起きが弱いのは知っていたが、朝でも夕方でも変わらないのか。ギャップで迂闊《うかつ》にも可愛《かわい》いなと考えてしまい、悟られないように視線を逸《そ》らして誤魔化す。

「寝ぼけてるのか？」

「ここは……？」

「医務室だよ。凪先生の治癒を受けて、そのまま眠ったんだ。俺は凪先生が仕事で居なくなるからって留守番を押し付けられた」

簡潔に説明するも、まだ有栖川の頭脳は働いていないようで小首を傾《かし》げている。

茜色を反射して銀の束が煌《きら》めく。まるで深窓の令嬢……いや、間違ってはいないか。俺が知っている本性がアレなだけで、世間的にはお淑《しと》やかに振る舞っているのだから。

「喉渇いたろ。なんか飲むか？」

「ん。紅茶。淹《い》れたての美味《おい》しいやつ」

「ここは家じゃないぞ。午後ティーでいいよな」

「早くしてね」

「こんな時にまで一言多いな」

人使いの荒さに悪態をつきながらも医務室の外に出ようと扉に手をかけた時。

「──ありがと」

背後から伝えられた小さなそれに驚き、慌てて振り返る。有栖川は俯きながら手を後ろで組んでいた。表情は見えないが、どうにも足元に落ち着きがない。

訝《いぶか》しみながらも念の為《ため》に訊《き》き返す。

「……聞き間違いか？　幻聴でなければ『ありがと』って聞こえたんだが」

「っ、うるさいですねっ！　早く買ってきてくださいっ！」

「うおっ!?」

強引に有栖川から背中を押されて、医務室を追い出された。さっきまで寝ぼけていたはずが、いきなり目覚めてしまったらしい。
全くもって、有栖川の思考は理解できそうにない。

case.3
―邂逅《かいこう》―

The Raven & The Lady

The strongest problem buddy in the world
of special abilities

鴉　と　令　嬢

翌日の夕方。

『異特《いとく》』の施設、その一室を貸し切って集結した面々が円形の机に並ぶ。

出席者は俺を含め、地祇《ちぎ》さんと伽々里《かがり》さん、有栖川《ありすがわ》に静香《しずか》さんと十束《とつか》までを入れて他十数名。

少数精鋭を謳《うた》う異特でこれだけの人数が集まるのは珍しい。何人か名前と顔が一致しないのは、俺が単独か有栖川とだけ仕事に当たることが多いからだ。

上座側に座っていた地祇さんが、閉ざされていた口を開く。

「――伽々里。報告を」

右隣の伽々里さんに促すと、すっと立ち上がってスクリーンにディスプレイの画面を映す。そこには俺と有栖川が先日戦った男の写真と、よくわからない表が表示されている。

「彼は先日捕らえた異能者、落良光《らくらひかる》です。血液検査の結果、彼は使用者の理性を喪失させて異能の制限を取り払う違法薬物を使用していた疑いがあります。おそらくは過去に出回っていたものの改造版でしょう。また、大野炎地《おおのえんや》がいた部屋から検出された成分と同じものが含まれていました」

「面倒なものが出てきましたね」

「入手経路も含め、早急に手を打たねばならない」

「根の部分から絶たないと、です」

違法薬物か……落良が正気を失っていたのも頷ける。

そこまでして異能強度を上昇させたい気持ちは理解できない。現状、俺がレベルXの『異極者《ハイエンド》』だからなのかもしれないけど。

力には必ず責任が伴う。不正な手段で手にした力に呑《の》まれれば、自分を見失うことになる。そうなれば最後、明るい世界で生きるのは難しい。

座っていた地祇さんが話を代わる。

「今後も似たような事件が多発するだろう。じゅうぶんに警戒をして仕事にあたってほしい。十束くんの異能『記憶閲覧《メモリアル・リーダー》』をはじめとした異能捜査で事を進めていくことになる」

十束の異能『記憶閲覧《メモリアル・リーダー》』ならば、捕縛した相手の情報を嘘偽りなく引っ張り出すことが可能だ。

静かに聞いている十束を見てみれば、タイミングを合わせたかのように微笑《ほほえ》みが返ってくる。なにか気に障《さわ》ることでもしたか？　存在が目障りとか言われたらどうしようもないけど。

有栖川レベルの理不尽でなければいいが……思考がつい底辺へ落ちてしまった。下手なことを考えれば隣のサトリに感づかれてしまう。

余計な思考を霧散させ、前を向く。

「捜査にあたって、簡単に役割分担をしておきました。基本的には尊《みこと》さんと私、他三名が主体になって動きます。静香さんは適宜バックアップを。学生の京介《きょうすけ》くんと有栖川さん、十束さんはこちらからの指示で動いてください。質問はありますか」

伽々里さんからの行動指針に異を唱える者はいなかった。俺も有栖川も戦闘一辺倒の性能をしているため、捜査のメンバーに回されることはないようだ。組織の根城が判明してからが俺の仕事らしい。

それまでは平和に過ごすとしよう。


週が明けて月曜日。

普段のように美桜《みお》と十束の三人で登校し、学校に到着したところで二人と別れて高等部の校舎へ向かっていたところ、目の前に躍り出た人影が行く手を阻《はば》んだ。

ゆらりと靡《なび》く長い銀髪。着こなした制服には隙がなく、誰もが見蕩《みと》れるであろう微笑みを浮かべていた。

それが俺でなければ、だけど。

「佐藤《さとう》京介。おはようございます」

朝から有栖川登場は聞いてない。思わず「うげ」と頬を引き攣《つ》らせたけど、逃げなかっただけ偉いと思う。

周りの生徒の注目も集まってるし、「あの男、副会長と何か関係があるのか？」と勘繰るような声も耳に入る。俺は全力で無関係を主張したいが、ここまで露骨にやられるとそれも不可能だ。パワーバランス的に受け入れるしかない。

有栖川の行動が読めないし、周囲も俺たちに注目している。無視は今後を考えると悪手。よって取れる選択肢は一つだけ。

「おはよう、ございます」

持てる全ての気力を振り絞り、辛《かろ》うじて一言。有栖川は深いため息をつく。

「緊張する必要がありますか？　ただ挨拶をしているだけではないですか」

「無茶言わないでくれ。陰キャにはキツいんだよ」

「知っています」

にこやかに、春空のような澄み切った笑みを浮かべて答えた。周囲から俺へは殺意に満ち溢《あふ》れた視線が殺到する。

この状況はなんだ？　地獄か？　新手の地獄なのか？

「電池切れの機械みたいに固まってないで、早く来てください。ホームルームに遅れたら貴方《あなた》のせいですよ」

一瞬何を言われたのか理解できないまま、有栖川は踵《きびす》を返して校舎へ歩いていく。

有栖川の意図は不明だが、怒っていないならそれでいい。殺気すら帯びた視線を背に感じながら有栖川の後を追う。

教室までの道のりが果てしなく遠く感じる。俺と有栖川のクラスは違うため、それまでの辛抱だ。歩幅の差で追い抜かないように気を付け、ようやく教室へとたどり着く。

「じゃあ、俺はここで」

「ええ。またお昼に来ますので、そのつもりで」

「は？」

予想外の一言に間抜けな声を漏らしている間に、有栖川の背が遠ざかる。昼休みも俺の平穏は失われるのか。

自分の席で頭を抱える俺の肩を、誰かが軽く叩《たた》いた。

「あの副会長さんから話しかけられるなんて人気者だね、京」

「颯斗《はやと》……冗談は顔だけにしてくれ」

「顔に何かついてるかい？」

「嫌味なくらいのイケメン顔がくっついてるよ」

そう言ってやると「誉《ほ》め言葉と受けとっておくよ」と笑顔で返され、颯斗は自分の席に座ってホームルーム後の授業に向けて準備を始めた。行き場のない感情をため息として吐き出して、昼の対策を考えながらふと思う。

元々、仕事だけの関係だったのに、どうしてこうなった？

『異極者《ハイエンド》』であることを隠している俺と、生徒会副会長も務める学院屈指の才女、有栖川。学院の中にある情報だけでは俺たちが関係を持つことはあり得ない。

だが、真実は違う。

「まあ、目先の問題をどうにかしないとな」

真っ先に対処するべきは昼の有栖川だ。幸い対策を練る時間はある。どれだけの効果があるかわからないけど。

「お前たち席につけー、ホームルーム始めるぞー」

教室に入ってきた静香さんの声かけで生徒が慌ただしく席について、今日もホームルームが始まった。

学校の屋上とは、古来リア充が集う憩いの場だと娯楽に富んだ書物に記されていることがある。昨今は屋上への立ち入りができないことも多く、その機会は世界から失われつつあるが、情勢に反して俺は昼間の屋上で気を紛らわすように風を浴びていた。

「いい風ですね」

静香さんから鍵を借り受けた有栖川と共に、である。

ゆらゆらと靡く銀髪を片手で押さえながら、心地良さに目を細めていた。陽光に当てられた銀髪は眩《まばゆ》い煌《きら》めきを帯びている。

逃げるように日陰へ腰を下ろして座り、ぼんやりと空を見上げながら、

「俺は正直、楽しむ余裕もない」

「感性が死んでしまっているのですね。嘆かわしい」

「失礼な。死んでるのは目だけでじゅうぶんだ」

景色を眺めるのに満足したらしい有栖川が俺の隣、日向《ひなた》に座って手に提げていたバッグから昼食を取り出す。

俺も愛妹弁当の蓋を開け、手を合わせた。

「今日も美桜ちゃんが作ってくれたお弁当ですか」

「よくできた妹だよ、ほんとに」

「貴方には勿体《もったい》ないと常々思っています」

「素直に褒め言葉と受け取っておく。誰がなんと言おうがうちの美桜は最高の妹だ」

この世に絶対普遍のものがあるとすれば、それは美桜が世界一の妹という事実だろう。

異論反論その他諸々《もろもろ》は受け付けない。そんな妹が作った弁当が最高に美味《うま》いのは当然だ。

何か言いたげな有栖川の視線をものともせず、俺は弁当を食べ始める。この時間だけは絶対に邪魔させてなるものか。

黙々と食べ進め完食した所で隣を見れば、有栖川は弁当に一切手をつけていなかった。

「調子でも悪いのか?」

「そんなところですかね」

有栖川は珍しく歯切れの悪い言葉を返す。物憂《ものう》げな眼差《まなざ》しがコンクリートの地面へ向いていた。気遣う言葉など浮かぶ訳もなく、そもそも干渉する必要もない。

再び落ちた沈黙。

風がひゅう、と間を抜けて。

「——聞かないのですね、何も」

消え入るような呟《つぶや》き。

「思い当たる節がないな」

「とぼけている……ようには見えませんね。素ですか、そうですか」

「悪かったな。自分に都合が悪いことは記憶から失われるんだ」

「控えめに言ってクズですね、軽蔑します」

「やめろ俺にそういう趣味はない」

有栖川のジト目が突き刺さる。勝手に俺をマゾヒストの変態にしないでくれ。

猛抗議をしたい欲求を抱えながらも冷たい視線に尻込みしていると、

「……あの日、無様な姿を晒《さら》しました。その理由を聞かなくていいのですか……と尋ねているのです」

「あの日？　……ああ、原宿のときね。有栖川の様子はおかしかったけど、踏み込むと面倒そうな気配を感じたし。俺は紳士だからな」

「面倒なのは貴方の拗《こじ》れた思考回路だけでじゅうぶんです。それに、紳士ではなくヘタレでは？」

「前半は認めるけどヘタレは余計だ」

「まあ、いいです。重要なのは仮にも私が貴方の手を煩わせたという事実。であれば、事情を話すのがフェアというもの。聞いて頂けますね？」

有栖川の中では俺に迷惑をかけたのが余程悔しいらしい。吹聴《ふいちょう》するとでも思われているのか？　俺がそんなことを言いふらしたとして、一体何人が信じるだろう。

信用度的な問題もあるし、完璧超人ぶりを遺憾なく発揮する有栖川のそんな姿など想像だにしない。積み重ねって大事だよね。

「興味ないって。話したいなら勝手に独り言でも言っといてくれ。俺は美桜特製弁当の余韻に浸るのに忙しいんだ」

「です、か……ふふっ」

「おかしいこと言ったか？」

「いえ。普段通りに気持ち悪いくらいのシスコンですよ。単に、自分の浅はかさを笑っていただけで。誰も彼も私に注目するのは当たり前……そんな自意識過剰な心がまだ残っていたのだと」

「大体間違ってはいないだろ」

学院内に留《とど》まらず、外でも有栖川は人々の注目を集める。誰もが有栖川という人間の言動に感化されてしまう。天性のカリスマだ。

「でも、貴方は。貴方だけは私を特別だとは思わない。違いますか」

「あー、確かに特別とは思ったことないな。いいとこのお嬢様で頼れ……仕事のパートナーで、平穏な生活を引っ掻《か》き回す理不尽って感じだ」

「……色々と言いたいことはありますが、いいです。今は私が無理を言っている自覚があるので。――ですが、だからこそ貴方といる時間は気が楽でもあります」

　ふわり。

　銀髪が風に流され、緩やかに靡《なび》く。有栖川の横顔は髪に隠れて見えなくなる。

「ここからは独り言です。まさか盗み聞きするような人はいないとは思いますが、念の為《ため》警告だけしておきます」

「随分と不自然な独り言だな」

「少しは空気を読んだらどうなんですか、引っぱたきますよ」

「普通に痛いからやめようね⁇」

　冗談めかして返すと、「どうしましょうか」と顎に指先を当てて思案する。とはいえ、やる気がないのは俺の目からも明白で。

　俺はただ、宣言通りに弁当の余韻に浸る。

　これは独り言。

　俺は偶然、たまたま、屋上でぼーっとしていたら耳に入ってきただけ。

　理論武装を完璧にしたところで語られたのは、有栖川の過去だった。

　淡々とした口調で語られる過去を、俺は弁当の味に集中しつつ右から左へ聞き流す。合間に空を流れる雲を追いながら、程よい陽気に目を細める。

眠気と正気の狭間《はざま》から復帰してみると、まだ有栖川の語りは続いていた。

「――端的に言って、私は男性と関わるのを避けている節があります。だから先日と、その前も一度、貴方の前で取り乱したのですが……って、聞いていますか？」

「ん？　ああ、聞いてる聞いてる。ちゃんと聞き耳立てて一言一句逃さず聞いてた。大丈夫、寝てないって」

「なんで聞いているのですか」

「それは理不尽というものでは？」

後出しは卑怯《ひきょう》だろ。

聞いてたけどさ。聞こえてしまったのだから仕方ない。

「やはり貴方といると気は楽ですが、無駄に疲れますね。お昼休みも終わるので私はこれで。鍵は静香先生に返しておいてください」

はあ、と軽くため息をついて、有栖川は俺に屋上の鍵を託して帰っていく。

一人になった屋上は存外に広く感じられて。

「やっぱり、特別なんかじゃないだろ。どこにでもいる普通の人間だよ」

有栖川にどんな過去があろうとも、今の評価は変わらない。俺にとっての有栖川は仕事上のパートナーであり、日常を侵略する理不尽とでも形容すべき存在。

それでも助けて欲しいと一声あれば相談くらい乗ってやれる。頼りたくないならいいけど……あの声音では、それも隠せていない。

一人で立てないなら周りの誰かを頼ればいい。助けを求めて支えられ、時に支えて再び前に歩けばいい。

モブ陰キャでもわかることなのに、どうして。

「自分語り下手くそか」

勝手極まる同僚への文句が、晴れ晴れとした空に溶けていった。

■

屋上を去って扉を閉めた私は、その扉に背を預けた。

誰も上がってくることがないであろう階段。静かで一人になれる環境は、混乱しつつある思考を整理するにはちょうどよかった。

陰になったそこで、絞り出すように息を吐き出して俯《うつむ》く。映る自分のつま先はどこか自信なさげだった。あんな話をしたからだと結論付けて、またため息。

「……私は、何か言って欲しかったのでしょうか」

わからなかった。

慰めて欲しかったのか、私は悪くないと言って欲しかったのか、単に私が話したかっただけなのか。あるいは——と考えて、浮かんだ鬱々とした思考を振り払う。

つくづく精神的な弱さが嫌になる。

私は過去の記憶がフラッシュバックすると、異能の制御が不安定になってしまう。そのせいで沢山の人に……佐藤京介に迷惑をかけてしまった。

だから大事な部分を一つだけぼかしているものの、私の問題とも言える過去を話した。

全てを打ち明けられていないのは、まだ私の覚悟が足りなかったから。

佐藤京介に語った過去は、私にとって消えることのない傷そのものだ。


私——有栖川アリサは多大な私財を保有する大企業として名を馳《は》せる家に、当主と愛人の子として生を受けた。

巷《ちまた》の創作物のような正妻との確執はなく、裕福で一般的に幸せと呼べる日々。両親はもちろんのこと、腹違いの兄妹《きょうだい》とも良好な関係を築けていた。

そんなある日。

私が旅行先の温泉街を歩いていたとき、背後から口元を布で押さえられて首にナイフを突きつけられ、

「へへっ、動くんじゃねえぞ。大人しくついてきやがれ」

下卑た男の声。生ぬるい吐息が肌にかかり、たったそれだけで震えが止まらなくなったのを今でも覚えている。

下手に抵抗しても無意味なのは大人と子供の立場からして当然で、背を押されて窓にカーテンが取り付けられた黒い車に乗せられた。

目隠しをされ、手足を縄で縛られる。

「ちょろいもんだぜ。一人だったのが運の尽きだな」

「ああ。有栖川のご令嬢ともなれば、たんまりと身代金を要求できる。問題はサツを呼ばれないかだが……そこの女を使って脅せばいい。娘を死なせたくはないだろうからなあ」

「違いねえ」

皮算用を続ける男たちに、十三歳の私は自分へ向けられる明確な悪意を覚えた。おおよそ好意だけを受けて育ってきた私にとって、それは初めてと呼んでいい経験。

容易に精神を萎縮させ、抗《あらが》う気力が削《そ》がれていく。

（……大丈夫、必ず助けは来ます）

無力な私は祈ることしかできないまま、車が止まった。

「降りろ。逃げようなんて思うなよ」

目隠しを外されないまま乱暴に降ろされ、男の誘導で目に見えない場所を歩く。ここはどこだろう、本当に助けは来るのだろうかと不安ばかりが胸を満たしていた。

両親の愛を疑うわけではないけれど、私に助けるだけの価値があるかは疑問があった。

ようやく目隠しを外されると、見知らぬ廃工場へ場を移していることに気づいた。「座れ」と指さされた古びたパイプ椅子に腰を下ろして、口を噤《つぐ》む。

隣では男が私を逃げないように監視している。時折胸や脚に向けられる欲望を隠さない視線が気持ち悪くて、ぎゅっと両手を強く握りしめた。

もう一人の男はニヤニヤと笑みを張り付けながら、私のスマホで電話をしていた。横柄《おうへい》な態度でやり取りを行って、最後に「くれぐれも警察を頼ろうだなんて思うな。その時は娘の命は保証しない」と一方的に叩《たた》きつけて電話を切る。

「よかったじゃねえか。お前のために一億耳揃《そろ》えて持ってくるってよぉ」

「もっと吹っ掛けられたんじゃねえか？」

「一億ありゃあ海外に逃亡して悠々自適な余生を楽しめるだろ。下手に額を吊《つ》り上げて妙な真似《まね》をされたくねえからな」

「それもそうっすね。ま、サツが来ても俺らに敵《かな》うとは思えねえけど」

男の手のひらでバチバチと蒼白《あおじろ》い火花が弾《はじ》けた。それは網目のように廃工場の壁面へと広がり、外敵の侵入を阻《はば》むように帯電を続ける。

「『蒼電網《スパークウェブ》』——好きに出入りさせねぇよ。これでもレベルVだからなぁ」

二人組の片割れは異能者、しかも中位《ミドル》。要求を呑《の》まなければ、最悪殺されてしまうかもしれない。

背筋を嫌な震えが駆け上がった。父が身代金と私の身柄を交換するまで、じっとしているしかない。

けれど、この男たちが約束を守るとも思えなかった。

にたぁ、と二人の視線が私を舐《な》め回すように集中する。そこはかとない気持ち悪さと、自分が欲望のはけ口になるのだという本能的な予感。逃げようにも手足を拘束されて、椅子の裏に両腕を回された状態では身じろぎ一つもままならない。

「ひっ」

「いいじゃねえか。どうせ減るもんでもねえし」

悲鳴が喉から漏れた。

男の手が伸びてきて、乾燥した指先が肩に触れる。

「——ッッ」

「おいおいそんな怯《おび》えんなって。怪我《けが》させるわけでもねえのによお」

「オメエの顔が気持ち悪すぎんだよ」

「あぁ⁉　お前も似たようなもんだろ」

それもそうか、と下品に笑う男二人を前にして、私の足は完全に竦《すく》んでいた。

震えが止まらず、無意識に身を引いて少しでも遠ざかろうとしている。

「おっと、こんなことしてる場合じゃねえや」

再び、男は私の肩に乗せた手を動かし始める。

虫が這《は》うように服の上から身体《からだ》をまさぐり、次第に肩から場所が移っていく。背中、腕、脇腹を伝って横腹のあたりを撫《な》でまわす。首筋に男の顔が近づいて、鼻息荒く呼吸を繰り返した。

母のように伸ばしていた銀髪を雑に触られ、積み上げてきた何かが崩壊していく。

「い、やぁ」

「可愛《かわい》い反応もできんじゃねえか。虫みてえな声で鳴いてみろや」

私の反応に気分を良くしたのか、男の行為はエスカレートしていった。

手が前に回されて、胸のボタンにかかる。襟首からボタンが外され、素肌が外気に晒《さら》されていく。二つ、三つとそれは続き、耐えがたい羞恥と屈辱に襲われて強く目を瞑《つぶ》った。

「歳《とし》の割に育ってんなあ」

「女は胸がでかいほうがいいに決まってんだろ。ああ、お前ロリコンだったか？」

「違《ちげ》ぇよ。こういう青い果実？　ってのを汚《けが》す感覚がそそるんだよ」

「俺には一生わかりそうにねぇわ」

「てわけで、お楽しみの時間といこうかぁ」

ニタァ、と男の口の端が歪《ゆが》んだ。

お気に入りだった淡い桃色のブラジャーに、男の手が迫る。

私はここで穢《けが》されるんだと直感的に悟ってしまい、震えが止まらなくなった。

呼吸はさらに浅く、弱々しくなって、視界に黒色のヴェールがかかったまま廻《まわ》りだした。

焦点すら定まらないまま、男の腕だけが明瞭に映り込む。

私が助けを待つ間、耐えればいいだけの話。きっとお父様が助けてくれる。

そう信じる心すら、今にも折れてしまいそうで。

「おい、これどうやって外すんだよ」

「知るか。切ればいいだろ」

「それもそうだ」

笑みが深まり、手元でクルクルと回していたナイフの刃が胸の谷間へ添えられた。ナイフが引かれ、布地が左右に分かれる。

自分でも理解できない感情が全てを押し流して、頭の中が真っ白に染まっていく。

鼻息の荒い男の声がどこか遠い。

乾いた舌の根、不規則に乱れた呼吸。

遂《つい》に色が失われた世界で、たった二つだけ認識できるものがあった。

私の髪の銀色と、男が持っていたナイフ。

かけ離れた二つの存在が、私の意識の中で重なり——心臓が大きく跳ねて、緊張と恐怖に後押しされて脈拍が急上昇していく。

戻る色彩と音が真っ白の思考を染め上げげて、

「——嫌、だ」

呟《つぶや》かれた言葉。

身体の芯がどうしようもなく熱くなって、苦しくて、渦巻くままに暴れまわる衝動を吐き出す。

そして、私はそれを理解した。

「——っ、なんだ、この銀のヤツはッ！」

男が叫ぶ。遅れてもう一人の男も、廃工場に漂い始めた銀色の破片に気づく。

大きさも形も鋭さも違う破片が男二人を取り囲み、明確な意思を持って襲い始めた。破片の一つが男の腕を掠《かす》め、少なくない血で宙に線を描きつつ飛翔《ひしょう》する。

「ひいっ」「なんだこれっ！」

逃げ惑う男を破片がどこまでも追い回す。

鉄パイプを滑らかに切り裂き、コンクリートの壁を抉《えぐ》って、刃の嵐が廃工場内で吹き荒れる。ナイフの切れ味なんて比にならない破片のそれに、男たちの顔色が目に見えて変わり始めた。

「やめろ、やめてくれっ！」「悪い、すまなかった、許してくれッ！」

泣き言を言いながら逃げ惑う姿を、私はどんな目で見ていたのか記憶にない。

けれど、それよりも焦《あせ》っていたのは他ならない私で。

「なん、で。止まって、止まってよ……っ！」

あの破片は私の力──異能なのだと理解していても、暴走を止める手立てがなかった。

そして、遂に。

「ぁ」

破片が男の身体を八つ裂きにし、二つの血飛沫《ちしぶき》が華を咲かせる。

糸が切れた人形のように倒れた男の虚《うつ》ろな目が、私を、映して。

「ぁ、ぁぁ、ぁぁあぁぁぁああああああああああああッッッッ‼⁉⁉⁉」

廃工場に慟哭《どうこく》を響かせ、私は意識を失った。

目が覚めた時には病院のベッドで仰向《あおむ》けに寝かされていて、一通りの処置が終わった後だった。

ぼんやりと眺めた外は日が暮れていて、数羽のカラスが群れを成して茜色《あかねいろ》の向こう側へと飛び去っていく。

寝起きで朧気《おぼろげ》な思考で、目覚める前のことを思い出す。記憶に強く焼き付いているのは、二人の男が血だらけで倒れる姿だった。

急速に身体の芯が冷たくなったように感じられて、耐えがたい吐き気と眩暈《めまい》が私を襲った。

胸の奥から込み上げてきた酸《す》っぱい感覚。近場にあった小さなゴミ箱をひったくるように取って、そこに全てを吐き出した。吐き気が落ち着いてからも嗚咽《おえつ》と、誰に聞かせているのかわからない謝罪の言葉を口にしながら、白いシーツを際限なくあふれ出る涙と涎《よだれ》が汚す。

私が、彼らを殺した。

面会に来た家族や医者にどれだけ「アリサは悪くない」と優しい言葉を投げられても、

二つの命を奪った重さが消えることはなかった。

「……話せませんよね、こんなこと」

人を殺した、なんて話をされても困るだけ。誰も得をしないし、まだ自分の口から誰かに打ち明ける覚悟はない。

この苦しみもいつか終わるのでしょうか。

終わりのない思考を打ち切って、私は屋上へ続く階段を後にした。

■

「――よし、全員いるな。異能訓練を始めるぞ」

学院内の屋内運動場。

ジャージ姿の静香さんが宣言したのは二学年生徒の異能訓練。

天道学院《てんどうがくいん》は元より異能者を育成するための場だ。異能を用いる進路を選ぶかは人それぞれだが、暴走しない程度には制御を身につけておく必要がある。

「憂鬱だ。楽だからいいけども」

集団の最後方でひとり呟く。

普段の生活で異能強度を制限されている俺にしてみれば、退屈以外の何でもない。いや、俺だけでなくほかの生徒も似たようなものか。力を持て余す時期はとうに過ぎている人が大半で、適当に消化する人もいる。

「三人まででグループを組め。できるだけ異能強度が近いやつにしとけよー」

静香さんの掛け声で徐々にグループが作られていく。

生徒のやる気は半々だろうか。異能を使う進路を希望する生徒は熱心な傾向にある。だが、それも全体の数パーセントほどだ。

公安や俺が所属する『異特』をはじめとして、民間の警備会社であろうとも、異能強度がレベルⅣ以上――いわゆる中位《ミドル》異能者が条件のことが多い。

レベルⅣ以上の異能者の数は、異能者総数の三割といわれている。上位《アドバンス》のレベルⅦ以上に関しては一割にも満たず、希少な存在だ。それは学院の人口ピラミッドにも適用される。

また、異能にも分類が存在する。自分自身の身体能力を強化する『強化系《エクステンド》』。自分、または他人の精神面に影響を与える『精神系《スピリチュアル》』。自分自身の姿を変容させる『変身系《メタモル》』。実体を持つ存在を発現・操作する『物質系《マテリアル》』。実体のない力を発現・操作する『念動系《キネシス》』。上記に当てはまらない特異な異能を『特殊系《スペシャル》』と呼んでいる。

俺の『重力権限《グラビティ・オーダー》』は『念動系《キネシス》』に属している。関わりがある人物で言えば、有栖川と地祇さんが『物質系《マテリアル》』、十束と伽々里さんが『特殊系《スペシャル》』だ。

「俺も誰かと組まないと」

抑制された俺の異能強度はレベルⅡ。ボリュームゾーンだから安心、ということはなく、既に友人間でのグループが結成された後。残った生徒も適当に組み、気づけば孤立していた。

皆さん組むの早くない？

元より予想していた事態ではあったけれど、あぶれた人が見当たらないのはどういう了見だろうか。

「静香さん。組む人がいません」

「ん、ああ、京介か。少しは友人を作る努力をしろ」

「それ教師が生徒に言うセリフですか？」

思わず口をついて出た言葉に「つい本心が出てしまった」と悪びれもしない返答が返ってくる。真実はときに人を深く傷つけるんですが？

とはいえ、組む相手がいないのではどうしようもない。困り果てる俺を見かねた静香さんから不穏な気配を感じ取る。

静香さんが口を開こうとした瞬間、一つの足音が近づいてきた。

「――静香先生。私はどうしましょうか。残念ながら釣り合う相手がいません」

「有栖川、お前もか。学院でもそういない上位異能者《アドバンス》ともなれば仕方ないが……」

むう、と唸《うな》って、静香さんは俺と有栖川の顔を交互に見る。そして、口の端を緩めた。

まさかと最悪の想像が脳裏を過《よぎ》る。

「よし、お前ら二人で組め。丁度いいだろ」

「は？　いやいや、おかしいですよね？　俺はレベルⅡ、有栖川はレベルⅦですよ？　虫と重機をぶつけて楽しむつもりですか」

有栖川の本来の異能強度はレベルⅨだが、俺と同じく抑制していてレベルⅦで通っている。それでもレベルⅡと比べるのは馬鹿馬鹿しくなる差だ。

「虫と重機、ねえ。確かにそうかもしれないな。大丈夫だ、私はお前を信じている。有栖川も胸を借りるつもりでやればいい」

「静香先生がそういうのであれば。うっかり殺さないように気をつけます」

「うっかりで殺される身にもなってくれませんかね⁉　訓練で死ぬ気ないけど」

「私なんて相手にならない、と。いい度胸ですね」

「誤解だってわかって言ってますよね⁉」

腹を抱えて笑う静香さんを睨《にら》みつつ、覚悟を決める。逃げ出したいのは山々だが、これは授業。善良な生徒であるためには引き受ける他ない。あと、有栖川の誘いを断ったら後が怖い。

最後が一番の理由じゃないかって？　そういうこともあるかもしれないね。

「全員組めたことだし、適当に散らばって始めろ。何かあったら直《す》ぐに私のところに来い」

手を鳴らして開始を促し、静香さんは離れていく。

運動場へ散開する生徒。中心のやけに広いスペースで俺と有栖川は向き合っていた。巻き添えを食《く》らいたくないが見物はしたいという周囲の意図が垣間見《かいまみ》える。

「予《あらかじ》め、念には念を押して言っておくが、俺と有栖川じゃ地力が違いすぎるぞ。そっちがちょっと力を込めたら俺の身体《からだ》は八つ裂きだからな」

「よく年頃の乙女にそんな言葉が吐けますね。心底軽蔑します。覚悟してください」

「今のに深い意味はないからなっ⁉　ありのままのパワーバランスを考えて――」

「なら何も心配要りませんね。私の方が格下ですし」

あ、やば。

有栖川のあの目、完全にキてる時と同じだ。小声とはいえ自分を格下だと公言するのはやめて頂きたい。

有栖川は静かに異能を発動する。

「――『剣刃展開《ブレード・オン》』。ああ、安心してください。『虚実体《ヴォイド》』で顕現させているので生身の身体に影響はありませんから」

「それでも洒落《しゃれ》にならないってのっ⁉」

異能は精神エネルギーを顕現させたものであり、『物質系《マテリアル》』の異能に関しては実体と『虚実体《ヴォイド》』の二面性を持っている。前者は肉体へ損傷を与えるが、後者は精神へのダメージしか与えず異能でしか打ち消せない。『物質系《マテリアル》』の異能は使い分けが重要なのだが、今は省こう。

なぜなら――

「――奔《はし》れ」

そんなことを考える暇がないからだ。

有栖川の指揮を受けた無数の銀片が風となって俺へ襲い来る。煌《きら》めく銀は殺意の表れ。直撃すれば一撃で意識を持っていかれる。

素早く判断し、即座に俺も異能を用いて自身の体重を軽減。軽量化した感覚のまま床を真横へ転がり、ハンドスプリングで身体を宙へ躍らせた。

寸前まで俺がいた地点を銀片が駆け抜ける。油断はできない。銀片が散らばり、再び群れを成して俺を追尾する。

容赦なさすぎだろ⁉　お前トラウマがどうとか言ってたじゃん⁉

「逃げてるだけじゃ埒《らち》が明かないっ」

勝敗にこだわりはないものの、一方的にやられっぱなしでは終われない。

空中で自分にかけていた異能を解除。本来の重さに戻り、姿勢を制御して着地。目一杯の力で床を踏み締める。足が離れる瞬間に体重を軽くして跳び、有栖川へ肉薄し、重さを戻した拳を突き出すが、空振りして空を切る。

有栖川も接近戦の心得はある。制限された俺の異能に攻撃性が少ない以上、近接格闘戦に持ち込むのが最も勝率が高い。勝つ必要がないとはいえ負けるのも癪《しゃく》だからな。

「良いでしょう、受けて立ちます」

頬を弛《ゆる》めて好戦的に笑う有栖川。

俺は右腕を引き戻さず、勢いを活《い》かして回し蹴りを放つ。頭を狙った踵《かかと》は屈《かが》んだ有栖川の頭上を掠《かす》めるのみ。

有栖川の地を刈るような鋭いローキックを二歩退いて躱《かわ》し、再び踏み込んでのワンツー。機敏に反応した有栖川は手のひらで受け止め、空気が弾《はじ》ける音が響く。

「流石《さすが》に強いな」

「なんでもいいですけど顔が近いです離れてください」

「のわっ⁉」

直後、ぐんと腕ごと引っ張られ、視界が一気に天井を向いた。咄嗟《とっさ》に体重を重くして抵抗するも異能強度の差には敵《かな》わない。綺麗《きれい》に背負い投げを決められ、背中を床へ雑に打ち付ける。

衝撃に胸の空気が押し出され、感じる苦しさ。

飛び起きようと力を込めた瞬間、首筋をぞわりとした感覚が駆け上がる。勘に身を任せ、横へ身を転がし——そこへ刃の雨が降り注ぐ。

「勘がいいですね」

「『虚実体《ヴォイド》』じゃなかったら死体も残らないぞ」

「貴方《あなた》がこれくらいで死なないことは身に染《し》みていますので」

「理由は知らないが、天下の有栖川アリサさんにそこまで言われるとは。俺もまだまだ捨てたものじゃないってことか」

乾いた笑いを漏らしつつ仕切り直して構えを取り、

──盛大な爆発音と衝撃が運動場を揺らした。

足元が大きく揺れ、後を追うように警報が鳴り響く。

女子生徒の悲鳴が不安を駆り立てるなか、

「落ち着け！　直ぐに放送があるはずだ！」

静香さんが冷静に生徒を窘《たしな》める。

異能という力を持っていても高校生。精神構造的にはまだまだ未熟で、脆《もろ》い。

遅れて放送機器が僅かにノイズ混じりの音声を発して、

『学院生徒、及び職員へ連絡します。現在、学院敷地内に武装した集団が侵入。先程の爆発音は異能によるものと推測されます。至急、職員の誘導に従って避難してください。これは訓練ではありません繰り返します──』

隠しきれない戦いの気配を感じた。

「聞いたなッ‼　だが落ち着け！　運動場のセキュリティは正常に作動している！　警察への通報も行われているはずだ！」

静香さんが声を荒らげるも、一度混乱に陥った生徒の冷静さは失われたままだ。

こうした状況に備えての訓練は年に数度あるものの、実際に起きてしまえばパニックになっても仕方ない。舌打ち、再び静香さんが叫ぼうとした瞬間。

「──伏せてッ‼」

有栖川の警告。

同時に運動場の入口の扉を大型トラックが突き破った。ひしゃげた鉄の扉が逃げ遅れた生徒を押し潰すかに思われたが、寸前で銀色の風が扉を粉微塵《みじん》に切り刻み難を逃れる。

乱暴なブレーキで床に痕をつけながら止まったトラックの後方から降りてきたのは、銃火器で武装した覆面の集団だった。

突撃銃の銃口を生徒へ向けて、

「黙れッ‼　死にたくなかったら抵抗するな。俺たちは『皓王会《はくおうかい》』。君たちには交渉をするための人質になってもらう」

「『皓王会』ッ」

「あんたは教師か。下手な真似《まね》はオススメしないぜ」

リーダー格と思《おぼ》しき男は銃口を天井へ向けて引鉄《ひきがね》を引いた。マズルフラッシュと共に乾いた銃声が響き、硝煙の臭いが微《かす》かに漂う。

「ちゃんと実弾が入ってる。穴だらけになりたくなけりゃ震えてな」

嘲笑交じりのそれに、一同がゲラゲラと下卑た笑いで続いた。

レベルⅢ以下《ロー》の下位異能者ならば銃火器で制圧可能だ。襲撃者の装備なら大半の生徒は無力化できる。

参考程度にだが、レベルXの『異極者《ハイエンド》』を無力化するなら、最低でも核爆弾くらいは持ち出さなければならない。危険度的な意味合いが強いものの、指標としてはじゅうぶん。

俺は異能を解放すれば問題ないが、他の人はそうはいかない。後手に回ってしまった以上、従う以外の選択肢はなさそうだ。

静香さんも有栖川も考えは同じだろう。待っていれば隙が生まれる可能性もある。

やつらは交渉をしに来たと言っていた。であれば、交渉材料の人質へ意味もなく危害を加えるとは思えない。

俺が異能制限を取り払って無理やり制圧しなかったのは、他の状況が把握できていないから。ここだけ守れたところで他の生徒に被害が出れば意味が無い。

「こいつらを動けないように縛っておけ」

男は部下へ指示を出して、インカムを使って誰かへ連絡していた。覆面たちは手分けして生徒の手足を縄で縛り、数箇所に分けて座らせる。途中で変な気を起こさせないためだろう。

生徒は発砲に怯《おび》えて逆らう人はいない。蛮勇な人がいなくて助かった。

静香さんは一人だけ異能絶縁の手錠をかけられてトラックの後方へ連れられていく。あの手錠は正規品……どこから入手した？　嫌な予感がするな。

俺も手足を縛られて床へ乱暴に倒される。傷つくプライドがないのはこういう時に良い。

緊張感に欠ける思考を中断して場の趨勢《すうせい》を見定めていると、

「――随分な上玉じゃねぇか」

連絡を終えた男が有栖川へ目をつけ、口の端を大きく歪《ゆが》めていた。剝《む》き出しの欲望に満ちた粘つく視線に耐えかねてか、有栖川は僅かにたじろぐ。

「っ、下劣な視線。程度が知れますね」

「強気系お嬢様ってか？　いいねぇ、そそるわ。そういう顔の女をグチャグチャにするの、大好きなんだよ」

「……地獄に落ちなさい」

「生憎《あいにく》と予定はないなあ。お前は人質、危害を加えるつもりはない。まあ、怪我《けが》をさせないってだけで少しは楽しませてもらうつもりだけど」

言って、男の手が有栖川の胸元へ伸びる。

「っ、やめなさい」

「やめるのはお前だ。逆らえばどうなるかわかるよな？」

男たちはこれみよがしに生徒の頭へ銃口を突きつけた。目に見える脅迫。生徒の調べはついているらしい。

強力な異能者を封じて優位を確保する作戦か。この場では静香さんと有栖川。全くもって有効な戦術だよ。

有栖川も生徒を人質に取られてはどうしようもない。教員という立場の静香さんも言わずもがな。

だからこそ油断を誘える。

「……そうやって、また、私は辱《はずかし》められるのですか」

「また？　ああ、あの噂《うわさ》は本当だったんだな、有栖川家の御令嬢さん」

「――ッ」

ニヤリと嗤《わら》いながら男は有栖川の胸を鷲掴《わしづか》みにし、乱暴に揉《も》みしだく。劣情の捌《は》け口にされる有栖川の表情は恥辱に染まり、紺碧《こんぺき》の瞳に怒りと欠片《かけら》ほどの怯えが宿る。

「どれだけ強い異能を持っていても、使えなけりゃただの小娘だ。なあ？」

「――最低……ねっ、絶対に後悔させるわ」

「はっ、健気《けなげ》だねぇ。本当はチビっちまうくらい怖ぇんだろ？　脚震えてんぜ？」

「…………ッ」

「まあいい。面白いものが見れただけでも良しとするか。こいつも手錠嵌《は》めとけ。監視も

王道ライトノベル誌
ドラゴンマガジン 5月号
好評発売中!
電子版も配信中!
奇数月30日に最新号を配信
読書時間もデート気分、
いつでもあなたのそばに彩りを!
ドラマガめせん／小林愛香
アニソンアーティスト企画／ClariS
表紙&巻頭特集
「デート・ア・ライブ」
×
「王様のプロポーズ」
ァンタジアが誇る最強コラボ登場!
ニメ四期が放送間近の
デート・ア・ライブ」に
くも大ブレイクの
王様のプロポーズ」を総力特集。
公司×つなこワールドをご堪能あれ!
メディアミックス情報
TVアニメ放送中!
▶デート・ア・ライブⅣ
▶史上最強の大魔王、村人Aに転生する
▶勇者、辞めます
ふろく1
「デート・ア・ライブ」&「王様のプロポーズ」
キラキラ&ゴールドブックマーカー
ふろく2
「デート・ア・ライブ」&「王様のプロポーズ」／「スパイ教室」
ビッグポスター
ラスト／つなこ

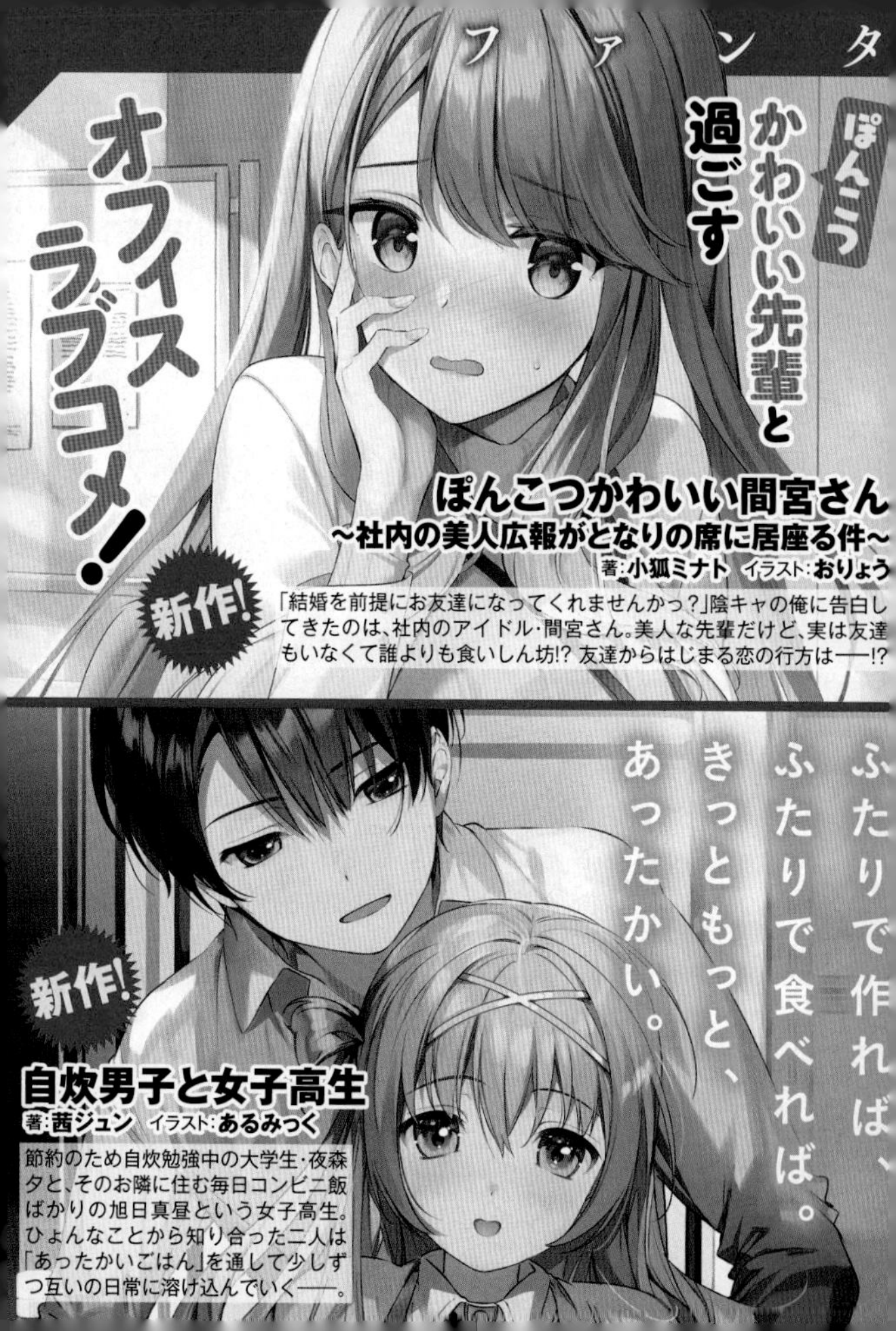

ファンタ
ぽんこつかわいい先輩と過ごす
オフィスラブコメ!
ぽんこつかわいい間宮さん
～社内の美人広報がとなりの席に居座る件～
著:小狐ミナト　イラスト:おりょう
新作!
「結婚を前提にお友達になってくれませんかっ?」陰キャの俺に告白してきたのは、社内のアイドル・間宮さん。美人な先輩だけど、実は友達もいなくて誰よりも食いしん坊!? 友達からはじまる恋の行方は――!?
ふたりで作れば、ふたりで食べれば。きっともっと、あったかい。
新作!
自炊男子と女子高生
著:茜ジュン　イラスト:あるみっく
節約のため自炊勉強中の大学生・夜森夕と、そのお隣に住む毎日コンビニ飯ばかりの旭日真昼という女子高生。ひょんなことから知り合った二人は「あったかいごはん」を通して少しずつ互いの日常に溶け込んでいく――。

史上最強の大魔王、
村人Aに転生する
AT-X、TOKYO MX、BS日テレ、
KBS京都、サンテレビにて
TVアニメ放送中!!
CAST】
アード：深町寿成　アード（少年時代）：高橋李依　イリーナ：丸岡和佳奈
ジニー：羊宮妃那　シルフィー：大橋彩香　オリヴィア：園崎未恵
アニメ公式Twitter　@murabitoA_anime
©下等妙人・水野早桜／KADOKAWA／村人A製作委員会

厳重にな」

胸元を押された有栖川は突き飛ばされ、尻もちをつきながらも男を睨《ね》めつける。だが、直《す》ぐに仲間が有栖川の手首に手錠を嵌め、手足を縄で縛って無力化した。

有栖川が何とかしてくれると思っていた生徒の淡い希望が打ち砕かれた瞬間だった。

さて、ここからどうするか。

有栖川は身動きが取れず、静香さんとも意思の疎通ができない。他の場所も似たような状況なのかわからないし、判断材料が少なすぎる。

せめてなにかきっかけがあれば打開の目処《めど》も立つというものだが——

「——良からぬことを企《たくら》んでいる顔だね、京」

小声で語りかけてきたのは、隣に座っていた神音《かみね》颯斗。偶然にしては出来過ぎだ。

「……何か聞こえるか？」

抽象的な問い。しかし颯斗は事情を察したらしく、集中の後に口を開いた。

「範囲内はどこも似たような状況だね。ただ、敷地の外からエンジン音のようなものが聞こえる。真っすぐこっちに来てるよ。警察車両じゃないかな」

「到着までは？」

「五分前後もあれば。突入してくるかはわからないけど」

「そうか」

颯斗から齎《もたら》された情報、これは嬉《うれ》しい誤算だ。颯斗の異能はレベルⅡ『五感強化《ハイ・センス》』。この場で情報を得るにはうってつけの異能。

侵入者は下位異能者《ロー》が束になったところで問題ないと考えていたのだろう。そもそも手錠の数が揃《そろ》えられなかった可能性もあるが、油断はある。

ここに颯斗が居てくれたこと。俺の本来の異能がバレていないこと。救助に来ている警察部隊。逆転の目はある。

問題があるとすればタイミングだけ。

「颯斗、警察の部隊が入ってくるのに合わせて合図をくれ」

「何か考えがあるんだね。わかった、信じるよ」

「なんで颯斗が俺みたいなのを信じるかね」

「そんなの簡単だよ。だって――」

女子なら一発で恋に落ちるような、爽やかな笑みを浮かべて、

「――この場で君だけが恐れていないからさ」

緊張状態が続き、襲撃してきた一人が口を開く。

「退屈っすねー。小便行ってきていいすか？」

「さっさとしろよ」

「へーい」

俺たちを監視していた男の一人が欠伸《あくび》をしながら離れていく。

運動場にいた生徒が人質となってから、早くも三十分以上が経過しようとしていた。既に到着しているはずの警察部隊が助けに来る気配はなく、緊張と恐怖を孕《はら》んだ空気が漂っている。

泣き疲れた女子生徒は隣に座っていた友人と肩を寄せ合い、身の震えを必死に誤魔化していた。力不足に打ちひしがれる生徒もいたが、銃火器という目に見える脅威が軽率な行動に走るのを留《とど》めている。静香さんの状況もわからず、有栖川も厳重な監視の下で大人しくしていた。

膠着《こうちゃく》状態。警察部隊が中々介入できないのは人質が多すぎるからだろう。場所も多ければ人員を増やす必要がある。

（——先輩、聞こえますかー？）

脳内へ直接響く声。あざとさを感じさせるそれは、中等部にいるはずの後輩——十束瑞《みず》葉《は》のものだった。声は十束の異能『念話《テレパス》』によって届けられたもの。遠く離れていようとも、意思の疎通が可能だ。

（聞こえてたら返事をしてくださーい。あ、考えるだけで大丈夫ですよー）

（……ああ、聞こえてる。便利な異能だな）

（ほんとですね。そっちの状況は）

雑念を振り払って必要な情報を整理し、

（運動場で訓練中だった生徒が俺も含めて人質になった。静香さんと有栖川は異能絶縁の手錠で拘束されてる）

（こっちも大体同じです。美桜ちゃんは無事ですから乱心はやめてくださいね）

（……それはよかった。俺の評価が気になるところだが、ひとまず後だ。静香さんは警察部隊が救援に来ると言っている。実際どうだと思う？）

（十中八九来ます。学院は国営ですから、火消しは全力で行うはずです）

十束の見解は俺とも一致するものだった。

厳重な警備を何らかの形で突破し、学院の生徒を人質に取った『皓王会』構成員という構図。

学院が国営である以上、上層部は国の中枢と深く関わっている。それが襲撃を受けたとなれば、世論の批判は免《まぬが》れない。だからこそ躍起になって対処するはず。

とはいえ、万全の態勢で挑むとしても準備に三十分は遅すぎる。

（だけど、現状そうなってはいない）

（圧力でもかかっているんじゃないですか？　偉い人って責任の擦《なす》り付け合いが好きみたいですし）

（辛辣だな。でも、長くはもたないはず。そろそろ変化しない状況に耐えかねて動くやつが出てこないとも限らない）

（みんな瑞葉たちと同じじゃないですからね）

俺たちは平凡と呼ぶには少々特殊すぎる経験を積んでいる。異能者との実戦経験がある人間なんて、学院には一握りしかいないはずだ。教員であってもそれは同じこと。

冷静な判断を下せるとは思えない。

（瑞葉的には先輩が一人で何とかする方が勝算高いと思いますけど？　届きますよね、学院の敷地内くらいなら）

（無差別だったらな。視認できないと正確性が落ちて二次被害の危険があるからやってないだけで）

（先輩がチキンで助かりましたよ、ほんと）

（冷静な判断力と言ってくれ。やっぱり、警察部隊が突入するのを待つしか――）

ない。

言い切ろうとした時、颯斗が俺の脇腹を肘でつついた。

「来るよ」

小さく一言。

待ち侘《わ》びていた合図を受けて、心の準備を決める。

（十束、時間が無い。警察部隊の突入に合わせてそっちの構成員を捕縛してくれ。できるか？）

（当然っ。これでも瑞葉はレベルⅦですから）

（頼りにしてる。あと、美桜を頼む。お前にしか任せられない）

（後でお礼、期待しておきますねっ）

高い対価を支払ったかもしれないと感じつつも、集中して時を待ち——屋内運動場の窓ガラスが一斉に割れ、四方八方から完全武装の警察部隊が突入した。

「捕らえろッ‼」

電撃作戦は速度が命。

だが、それも侵入者には想定内だったのだろう。揃って銃口を人質の生徒へ向ける、その一瞬。

（『重力統制《ドミネーティング》』）

右手の人差し指に嵌められた指輪のボタンを押し、制限を解除して本来の異能を行使する。

標的は侵入者が頼りにしていた銃火器。目立たず大多数の生徒にとって脅威となる銃火器を無力化するため、装塡された銃弾だけを押しつぶすように重力を発生させる。

細かに制御した重力が目に見えない銃器の内部に作用した。

引鉄《ひきがね》が引かれるが、誰からも銃弾が発射されることはなかった。銃弾を潰したことで発射と排莢《はいきょう》を阻害し、弾詰まりを引き起こさせたのだ。

迷った一瞬は絶望的な隙になる。警察部隊が侵入者を瞬《また》く間に取り押さえた。

「鎮圧完了。生徒の拘束を解け」

リーダーらしき人が告げると、他の人が手足を縛る縄をナイフで切っていく。恐怖から解放されて安堵《あんど》したのか、涙を流す生徒もいた。

俺も晴れて自由の身になったところで、背後から颯斗に声をかけられる。

「京……何かしたね？」

「はて、何かとは何かな。俺の異能が役に立たないことくらい知ってるだろ」

「あくまで白を切るつもりなんだ。まあ、いいよ。君が望んでいることだ。僕が首を突っ込んでも碌《ろく》なことにならなそうだし」

何もかも見透かしているような笑みを浮かべて颯斗が告げる。

気づかれたのか？　いや、有り得ない。颯斗の異能は五感を研ぎ澄まし性能を引き上げるもので、異能発動を察知するのは不可能。勘だとすれば鋭いってレベルじゃないぞ。

安牌《あんぱい》を取るためとはいえ下手を打っただろうか。

衆人環視の中で使うのはリスクが大きいが、自分の判断が間違っていたとは思えない。

周囲には気づいた様子の人はいないものの、警戒だけはしておこう。

問題が起こったら伽々里さんに土下座だな。誠心誠意謝れば許してもらえる……はず。

生徒全員の縄を切り終えたところで、警察部隊は異能絶縁の手錠を嵌《は》められた有栖川を発見した。警察の男は訝《いぶか》しむように手錠を見つめている。

「──異能絶縁の手錠？　なぜ『皓王会』がこんなものを」

「警察の方ですね。さっきの男たちの誰かが鍵を持っているはずです。それと、トラックの荷台に静香先生が同じように囚《とら》われています」

「了解した。鍵を探せ！」

有栖川の証言を受けて、警察の人は『皓王会』構成員の持ち物を探る。

「手錠の鍵、ありました！」

手錠の鍵は直《す》ぐに見つかり、有栖川と静香さんの手錠が解錠された。ようやく自由になった静香さんは何やら部隊の人と話し込んでいる。

遠目で眺めていると背後から肩を軽く叩《たた》かれた。振り向けば、見るからに不機嫌面《づら》な有栖川が傍《そば》へ寄ってきて、耳元で囁《ささや》く。

「力を使いましたね？」

「……なんでわかるんだよ」

「あの場で動けたのは貴方《あなた》しかいません。どういう風の吹き回しですか」

「念の為《ため》、な。ちょっとばかり信用してなかった」

「こっち側に裏切り者がいると？」

「可能性は高い。けど、理由まではさっぱりだ」

「使えませんね」

「うるせえ」

正体が露見するリスクを背負ってまで独断で異能を使ったのに、その罵倒はないと思う。

胸の内で唱えていると、またしても頭の中に声が響いた。

（先輩、こっちも終わりました）

（十束も無事だったか。そっちの状況は）

(瑞葉も美桜ちゃんも傷一つありません。むしろ突入してきた部隊の方の手際《てぎわ》が良すぎて出る幕がなかったです)

(よかった。十束はそっちの教員の指示に従って避難していてくれ。それと)

(美桜ちゃんなら任せてくださいよー。約束は守るし守らせる主義なのでっ)

(頼んだ)

『念話《テレパス》』が切れ、一息ついたところで戻った静香さんが声を上げた。

「私たちは警察の誘導に従って大講堂へ向かう！　迅速に、冷静に行動しろ！　いいな！」

武装した警察部隊に護衛されながら、俺たちは学院の大講堂へと辿《たど》り着いた。大講堂には既に他の場所で囚われていたであろう生徒も集まっている。

静香さんが異能訓練に参加していた生徒の名簿と照らし合わせて確認したところで、

「よし、全員揃《そろ》っているな。勝手に外へ出るなよ。まだ安全が確認できていない」

浮き足立たないように警告を残して静香さんは報告へ消える。

一時的ながら緊張から解放されたクラスメイトが、ため込んでいたモノを吐き出すように談笑をしていた。

「マジで怖かった……」

「ほんとだよ。こんな経験はもうこりごりだ」

「そういえば、なんでテロリストたちは銃を撃たなかったんだろうな？」

「さあ……弾詰まりにしても、全員一斉になんてことあるか？」

首を傾《かし》げながら憶測を重ねるクラスメイト。俺がやったとはバレていなそうだ。

知らぬ存ぜずを貫いていると、

「有栖川と京介はいるか」

「ええ、ここに」

「いますけど」

「そうか。ちょっとついてこい」

静香さんに呼ばれ、俺と有栖川は疑問を抱きながらも後を追うと、そこには。

「伽々里さん？」

「あっ、来ましたねっ！　二人とも無事で何よりです」

ニッコリと笑みを浮かべた伽々里さんが、俺たちを呼びつけた本人だったようだ。伽々里さんは毎日学院にいるわけではない。今日は霞《かすみ》が関《せき》の方にいたのだろうけど、どういうわけか制服姿だった。

同時に突入へ時間がかかったことも納得する。

伽々里さんの異能──『世界観測《ラプラス》』は、確定した過去と不確定な未来の分岐を視《み》る異能だ。より安全に作戦を遂行するために時間が必要だったのだろう。

「それで、用事とは？」

「えーっとですね、まずは学院の現状についてお話ししましょうか。現在、九割がたの制圧が終了しています。全生徒が無事に大講堂へ避難するのも時間の問題かと」

「残りの一割は」

「それについてです。生徒を人質に取ったのは陽動。学院へ侵入した『皓王会』構成員の本命は、学院が存在を秘匿している地下情報室です。学院って国営だから、いい隠れ蓑《みの》なんですよ」

「そんなの初めて知りましたよ。調べ物は『異特』のデータベースで事足りるし」

「二人が知らないのは無理もありません。一応機密扱いですし。入るには特殊なキーが必要ですが、学院長でも脅して手に入れたのでしょう。そこには最新の異能関連情報が詰まっています。当然、京ちゃんに関する情報も」

それは拙《まず》いな。『異極者《ハイエンド》』の情報ともなれば、希少性は言うまでもない。『異極者《ハイエンド》』であることを隠している俺の事情まで発覚すれば、平穏な日常が脅《おびや》かされるのは確かだ。他ならぬ自分のせいで周囲に危険が及ぶのは見過ごせない。

そこまで聞けば、自《おの》ずと用件も見えてくる。

「俺と有栖川に残党の処理を任せたい、と？」

「そうです。私はこっちでの役目を果たすまで動けません。教師としての仕事がある静香さんも同様です。今頼れるのは二人だけ。京ちゃんが表で動きたくないのは知っています。ですが、どうか」

「……わかりました。そういう事情なら仕方ないですよ」

「承知しました。身の程知らずの馬鹿たちが二度と抵抗しようと考えないように骨の髄まで理解《わか》らせてきます」

「別にそこまでしなくてもいいんですけどねー。……お願いですから精神に傷を残すようなことはしないでくださいよ？　身体《からだ》の傷はともかく、心の傷を癒やすには時間がかかるんですからね？」

伽々里さんの心配に吹き出しそうになるも、有栖川の刺し殺すような視線に射貫かれ息を詰まらせた。

女子高校生が出していい殺気じゃないだろそれ。どこの暗殺者だよ。運動場で抵抗できなかったとはいえ、殺意が高すぎやしないだろうか。

ただまあ、この様子だと心配は要らなそうだ。

「気持ち悪い笑みを引っ込めてください。不愉快です」

「悪いな気持ち悪くて」

「では決まりですね！　あ、二人ともこれを」

伽々里さんは背後に置かれていたトランクを開けて小さな密閉袋を二つ取り出し、俺と有栖川へ一つずつ手渡す。

「それは最近、有栖川グループで開発された全身式コンバットスーツです。肉体動作を妨げることの無い特殊繊維で作られています。使用感や性能の実地データが欲しいと要請がありましたので、いい機会かなと持ってきてみました。素性も隠せて一石二鳥ですし。顔はこっちのお面で隠してください」

有栖川の家は手広く事業をしている。これもその一つなのだろう。この手の製品に関してデータを取るなら、『異特』の面々が最適なのも頷《うなず》ける。

袋を開封して、中身のコンバットスーツを取り出し広げてみる。妙に光沢感のある生地。ゴム質の手触りと伸縮性を伝えるそれは、Ｆ１レーサーが着るようなスーツに似ていた。

続けて伽々里さんから受け取ったのは、右目だけが露出するデザインの黒いペストマスク。厨二《ちゅうに》心が擽《くすぐ》られるそれを被《かぶ》れとおっしゃいますか。

有栖川には仮面舞踏会を連想するような目元だけのものが配られている。俺の扱い雑？

「お面は普通のやつなので、防御性能とかは期待しないでください」

「他のやつないんですか？　この歳《とし》でこれつけるの恥ずかしいんですけど」

「ないですよ？　それに、『暁鴉《ぎょうあ》』なんて呼ばれてる京ちゃんには似合うじゃないですか！」

そんなしょうもない理由で選ばないで欲しい。普通のでいいよ普通ので。今日は代えがないらしいから我慢するけどさ。

「通信用のインカムも渡しておきますね」

「わかりました。なら早速着替えるか」

「女性の前で堂々と着替える宣言とは遂《つい》にド変態の領域へ達してしまったのですね。近寄らないで頂けますか」

「誤解だろっ⁉」

言葉が足りなかったのは認めるが、結論を出すのが早すぎる。逃げるように隣の小部屋へ移動し、先に受け取ったコンバットスーツへ着替える。

肌へピッチリと張り付くような仕様のため、身体のラインが浮き出るのは落ち着かない。特に俺のような貧相な身体だと格好がつかないから、できれば何か羽織りたかった。ペストマスクも装着し、インカムをつける。

これで準備完了だ。

元の部屋に戻ると伽々里さんがにっこりと笑って、

「二人とも似合ってますよー。というか、上に着るものも持ってくるべきでしたね。あーちゃんが妙に……その、スタイルが際立《きわだ》っているというか、端的にいってグラビアさん並みです」

伽々里さんが俺の隣で髪を直している有栖川を見て、「はわわっ」と仄《ほの》かに頬を赤らめながら呟《つぶや》いた。

有栖川は身を包む黒いコンバットスーツを見下ろしながら、不満げに頬を膨らませ、

「これをデザインした不埒者《ふらちもの》は誰ですか。頭が煩悩《ぼんのう》だけでできているのでは？」

「有栖川の会社じゃなかったか？」

「うるさいですね。それと私の身体へ不躾《ぶしつけ》な視線を送るのはやめてください。行方不明にはなりたくないでしょう？」

「例え話が怖すぎる。てか、別に有栖川の姿を貶《おとし》めてる訳じゃないんだから――」

「やめて」

「はい」

即答だった。迷う暇なんてコンマ数秒たりとも存在しない。心の中で警報がうるさいく

らいに鳴り響いていた。これ以上口を開けば命が危ういと。

有栖川が言いたいことはわからないでもない。実際、有栖川のそれは目に毒だ。慎《つつ》ましくも確かな存在感を主張する胸元の膨らみ。くびれの曲線美と長い脚は思わず目を惹《ひ》きつける魅力があった。

黒いラバースーツと煌《きら》めく白銀色の長髪という対比的な色合いが、より有栖川の存在を際立たせている。

ぱっと見ただけでこれくらいの感想が出てくるのも不思議なものだ。

当然、口に出す勇気はない。

「……普通にしてくれていればいいです。私だって鬼ではありませんから」

「そうやって理不尽に怒られる、と」

「それがお望みならやぶさかではありませんが」

「ごめんなさいなんでもありません」

「わかればよろしい」

有栖川の機嫌がいいのか、首の皮一枚で繋《つな》がったらしい。

「京ちゃんは乙女心がまるでわかっていないですねー」

「俺に人の感情を察するなんて高等技術を求めないでくれませんかね。ちゃんと言葉で言ってくれなきゃわからないですよ」

「それはそうかもしれませんが……とにかく、二人とも頼みましたよ」

伽々里さんに背中を押され、俺と有栖川は残党処理のため地下情報室を目指す。聞いた話では、地下情報室へと続く道は中央階段の真下にあるらしい。

噂話《うわさばなし》すら一度も耳にしたことはなかったが、到着して実際に探してみれば壁の一部が横にスライドして開いていた。中を覗《のぞ》き込めば真新しい足跡が残されていたため、ここだろうと確信を得て狭く暗い螺旋《らせん》階段を下っていく。

最後の段を下り終えた俺たちをセンサーが感知し、のっぺりとした白い扉が静かに開いた。

「地下にこんなとこがあったとは。SFかよ」

「いかにも怪しいですね」

リノリウム張りの廊下は長く長く、終わりが見えない。天井のLEDライトが過不足なく照らし、外と変わらない空気が満ちる空間は地下であることを忘れそうだ。

人気《ひとけ》はないものの、薄《う》っすらと多数の足跡が奥へと続いている。ここへ先に侵入している『皓王会』の連中か、あるいは。

なんにせよ、ここで立ち止まっている場合ではない。

「考えるのは後にしよう。侵入者にデータを盗まれないように最速で追うことが最優先だ」

「わかっています。行きますよ」

学院が襲撃されてから結構な時間が経過しているため、猶予は多くないと考えるべきだ。

異能強度で引き上げられた身体能力を最大限に活用して廊下を疾駆する。側面の扉のセンサーにかかって開くよりも早く足跡を追う。

証拠隠滅も疎《おろそ》かなのは急いでいたからか、単に問題ないと思っているのか。おかげで俺たちが追跡できている。

足跡を追って右へ左へ。迷路のような地下情報室を駆け抜け、遂に閉ざされた大扉の前で足跡が途切れた。

「ここか」

「そのようですね」

「どうやって中に入ろうか。電子ロックだろうし」

「マスターキーがあるじゃないですか」

「そんなのどこに——って、まさかっ」

はっとして有栖川を止めようとしたときにはもう遅く、

「『剣刃展開《ブレード・オン》』――」

有栖川が唱えると、虚空《こくう》から銀色の細かな刃が花弁のように咲き誇った。無数の銀片が渦を描いて寄り集まり、形作られた一振りの大剣を大きく振りかぶる。

「斬り刻め――」

鋼鉄の扉を横に薙《な》ぎ、途中で銀片へ姿を変えて竜巻のように荒れ狂う。

刃の嵐が止《や》まぬ金属音を奏《かな》でる。

扉はシュレッダーにかけられた紙のように粉々に斬り刻まれ、鋼色の粉となって床に降り積もった。

「釈然としねえ」

力で強引に突破するのは有栖川らしい。脳筋ともいうが、気にしないことにする。

銀片が晴れて、扉の先が視界に入る。

壁一面に並んだモニターには英数字の羅列が目にもとまらぬ速さで流れていた。その下の端末で作業していた男たちが振り返り、思わず手を止めて間抜けにも目を剝《む》いている。

まさか力業で突破されるとは考えていなかったのだろう。

「――お前、強そうだなぁッ‼」

「っ⁉」

視界に割り込んできた大男。ラリアットをするように迫る太い腕を、咄嗟《とっさ》に腕を交差して防御する。重い衝撃が背中へ抜け、後方へ大きく吹き飛ばされた。

踵《かかと》でブレーキをかけ、止まったところで正面に佇《たたず》む男の全容を垣間見《かいまみ》た。

身長二メートルはありそうな巨軀《きょく》を盛り上がった筋肉が覆う立ち姿は熊のよう。無精《ぶしょう》髭《ひげ》を蓄えた顔は好戦的に嗤《わら》っている。振り抜いた腕を戻し、前傾姿勢で俺を真《ま》っ直《す》ぐに注視していた。

早くも目をつけられたらしい。実戦経験もありそうだ。余裕は揺るぎない力と実績から来ているのだろう。

腕はまだ痺《しび》れが残っている。『異極者《ハイエンド》』の身体能力をもってしても相殺《そうさい》できなかった。

距離が開いた隙に場の状況を確認する。侵入者の数は目視で十三。武装は銃火器。手《しゅ》榴弾《りゅうだん》なんかの小道具も警戒しておこう。

それと、異能も。

「お前ら、俺の獲物に手ぇ出したらわかってんだろうなぁっ‼」

咆哮《ほうこう》をあげて、大男は俺へ再び飛びかかってくる。

『ほかのやつの相手を頼む。つきっきりになりそうだ』

『貸し一つです』

『ええ……まあいいやそれで。とにかく頼んだ』

インカムで分担を決めて、場が動き出す。

複数の銃声が部屋に響き、マズルフラッシュが閃き硝煙《ひらめ》を散らす。

狙われている有栖川も異能で応戦する。銀色の刃がヴェールのように有栖川の周囲をぐるぐると回り、銃弾は身体《からだ》へ届く前に鉄粉へと変わる。

流れ弾が飛んでくるが気に留めない。『異極者《ハイエンド》』状態なら痛くないので無視。

それよりも、この男をどうするかだ。

「うらあああああああああああああっっ‼」

拳の乱打。一撃の重さが変わらないとすれば、受けるのは得策じゃない。

「『隔壁《ホライゾン》』」

重力で空間を圧縮して疑似的な壁を作り、拳を受け止める。男は一瞬だけ眉根を寄せるも、

「おもしれえ、そうこなくちゃなあッ‼」

一層笑みを大きくして、

「『虎志譚々《ティガーズ・テイル》』」

そう呟いたのを皮切りに、男の身体が目に見える変化を遂げる。

上半身の服が破れ、斑模様《まだら》の毛皮に覆われた肉体が露《あら》わになった。盛り上がった筋肉は野生動物を想起させる調和のとれたもの。

鋭く伸びた両手の鉤爪《かぎづめ》を研ぎ合わせ、

「――いくぜ」

縦に長い瞳孔が俺を射貫いて、爆発的な加速で懐《ふところ》まで潜り込まれた。

目で追うのがギリギリ間に合うレベルの速度。突き出された爪が腹へ届くという寸前、『隔壁《ホライゾン》』を滑り込ませることに成功し、軌道を逸《そ》らして身をよじる。

力は大男の方が上のようで、『隔壁《ホライゾン》』が砕かれる。勘に従って正解だった。緊急回避をしなければ腹に大穴が開いていたな。

にしても、まさか力負けするとは驚いた。

観察のためにも大きく後方に跳躍して距離をとると、男が心底楽しげに笑いながら口を開く。

「殺《や》ったと思ったんだがなあ。だが、おかげでお前が何者か分かったぜ。『暁鴉《ぎょうあ》』だったか？　レベルⅨの俺が力でギリギリなら、そりゃあ『異極者《ハイエンド》』しかありえねえ」

「定着してんのかよ、その厨二病《ちゅうにびょう》ネーム」

「知るか。それより――心躍る闘争を楽しもうぜェッ‼」

再びの突撃。今度は余裕をもって目で追う。

基本的にこの男の攻撃は徒手格闘。異能の系統としては恐らく『変身系《メタモル》』。それでもレベルⅨとなれば身体能力の強化度合いはすさまじい。

『異極者《ハイエンド》』の『念動系《キネシス》』に分類される俺より上かもしれない。

しかも、自分の強みを理解して押し付けようと接近戦に持ち込もうとしてくる。研ぎ澄まされた技術と天性の戦闘センスが相まって、非常に戦いにくい。

異能で攻撃しようとしても紙一重で回避されるし――

「いい‼　いいぞ‼　もっとだッ‼」

「うるせえ‼」

苛烈な攻め手を捌《さば》きつつ、こちらも異能で応戦する。

単純な攻撃はあたらない。ならば、確実に当たるように仕向ければいい。

接近戦をこなしつつ床面と空中に力場を設置。異能が通用することは確認している。少しでも動きを鈍らせられれば御の字。

大砲のような威力の拳打がペストマスクの嘴《くちばし》をかすめ、音もなく砕けた。

死の気配が薄っすらと這《は》い上がる。されど恐怖は感じない。戦っているのは俺だけじゃない。

猛攻を防ぎつつ、もう一つの戦場を形成する有栖川の様子を窺《うかが》う。そっちは決着が近いようだった。

銃火器は刃で削り取られ使い物にならず、もう何人も床に倒れ伏していた。

前回の失敗からか実体と『虚実体《ヴォイド》』を織り交ぜて戦っているらしい。器用だな、ほんと。

「そっちの連れは全部のされてるみたいだな」

「はっ、雑魚《ざこ》どもが。使えねェ」

吐き捨て、

「ちったあ役にたてや‼『禁忌の果実《アップル》』を使え‼」

叫ぶと、周囲の男たちは一瞬躊躇《ちゅうちょ》するような素振りを見せてから奥歯を噛《か》み締める。

何かを噛み砕いたような音が微《かす》かに聞こえた。

予《あらかじ》め奥歯にでも仕込んでいたのか。

『禁忌の果実《アップル》』……嫌な予感がひしひしとするし、こういうときの勘はよく当たる。

「あ、ああ、あっ‼」

男が首筋を一心不乱に掻《か》き毟《むし》りながら獣の如《ごと》き唸《うな》り声をあげた。一人の変化を皮切りに、他の男たちへも伝播《でんぱ》していく。

それは、原宿で遭遇した正気を失っていた男によく似ていた。

『多分、件《くだん》のドーピング薬だ』

『今度こそ醜態は晒《さら》しません』

『頼むぞほんと』

軽口を叩《たた》けるくらい精神が安定しているなら心配は不要か。俺がやるべきは迅速な制圧
――一撃で仕留める。

範囲を指定、威力の制限は無し。数箇所に分けて重力地点を設置し、回避を困難に。外側に『反重力《アンチ・グラビティ》』を展開して動きを限定化。

狙いを虎男に定め、『過重力《ハイ・プレッシャー》』を重ね掛けする。

「――墜《お》ちろッ！」

反応したところで遅い。

どれだけ強靱《きょうじん》な肉体であろうとも――世界の重さから逃れることは叶《かな》わない。

「おオォォォオオオッ‼‼」

必死に抵抗するが、僅かに身を動かすのが関の山。自慢の脚も膂力《りょりょく》も役には立たない。

男の正中線を貫くように重力地帯を発生。場所を固定させ、その間に男の頭上にある空気を重力で圧縮して高温の爆弾を生成。重力と共に叩きつけた。

「あああああアアアアアアアアァぁァぁぁァッ‼⁉⁉」

膨大な熱量から逃げられず、玉の汗を額に噴きだして、喉が潰れんばかりの雄たけびを上げる。

なまじ異能強度が高い分、苦しむ時間が延びている。とはいえ、それも数秒の差だ。数えて十を過ぎた頃、男に限界が訪れたのか白目を剝《む》いて開いた口からあぶくを吹く。

命まで取る気はないのですぐさま異能を解除。重さから解放された男の身体が床へ投げ出される。

これで俺の仕事は終わりだ。

有栖川の方はどうなったか横目で確認すれば、天変地異が顕現していた。

暴風が吹き荒れ、まばゆい光が部屋を埋め尽くし、爆撃落雷水流地震と多種多様な異能攻撃が有栖川へ殺到している。

だが、有栖川はその尽《ことごと》くを斬り刻む。

『剣刃舞踏《ブレードダンス》』、その名を体現するかのような銀刃の嵐が巻き起こった。運良く刃の結界を抜けても、身近に顕現させている四本の剣が有栖川を守護し続ける。異能の猛威を凌《しの》ぎきった有栖川は驚愕《きょうがく》する男たちへと疾駆し、次々と『虚実体《ヴォイド》』へ切り替えた剣刃《けんじん》ですれ違いざまに一刀両断していく。

数分もすれば、立っているのは俺と有栖川だけ。

「終わりだな。後はデータが盗まれていないかだけど」

確認のためにコンソールへ近づいたとき、

「――残念だが、送信済みだ」

しゃがれた男の声が背後から響いた。咄嗟《とっさ》に振り向けば、そこには見知った白衣の男と、見知らぬ長身痩軀《そうく》の男が並んでいる。

反射的に『過重力《ハイ・プレッシャー》』で床に膝をつかせようとするも、二人は涼しい顔で立ったままだ。

自然と全身の筋肉が強張《こわば》る。のどに粘土でも詰まったかのような閉塞感。急速に渇いた口が酸素を求めて荒い呼吸を繰り返す。

湧き上がる感情は憎悪《ぞうお》と殺意。

白衣の男は天才的な頭脳を持ち合わせながらも人体実験に手を染め、六年前に逮捕され死刑を言い渡された生ける屍《しかばね》。

そして、俺と美桜の人生を歪《ゆが》めた張本人であり――実の父親。

「……失《う》せろクソジジイ」

「血を分け合った親子の涙の再会だというのに、その態度はいただけないな。それにしても、本当に会えるとは。運はまだあるらしい。元気だったか、京介。美桜は――」

「黙れよッ」

殺す気で全力全開の『過重力《ハイ・プレッシャー》』を浴びせるも、二人が影響を受けている様子はない。

『異極者《ハイエンド》』の異能の影響を受けないなんて有り得ないはずだ。なにかしらの種がある。

「短気を起こすのは感心しないな。僕は京介の異能を知り尽くしている。最高傑作で、失敗作だからね」

「人を物扱いしやがって。反吐《へど》が出る」

「毛嫌いされたものだ。だが、今日の目的は戦うことじゃない。京介にも会うことができた。僕は満足だし、用事も済んだことだから撤退させてもらおう」

「っ、待て」

足止めする前に、二人はいつの間にか大男の首根っこを摑《つか》んで煙のように消えた。

隣にいた痩軀の男の異能――『転移《テレポート》』とかだろう。だとすれば追跡は難しいか。早々に見切りをつけるも、苛立《いらだ》ちに身を任せて舌打ちが出る。

ああ、くそ。

どうしようもなく腹が立つ。

「佐藤京介。どうやらデータは送信済みのようです」

「…………」

「無視しているのですか？」

「…………」

「それなら──」

唐突に頬へ走るじんとした痛み。

一瞬何が起こったのか理解できなかったが、どうやら俺は有栖川に頬を叩かれたらしい。

「何でっ⁉　気に障《さわ》ることでもした⁉」

「無視していた自覚がないのですかそうですか。私の言葉なんて聞く価値がない、と」

「思考が飛躍しすぎだろ。聞いてなかったのは事実だけどさ。……因縁の敵ってやつに遭遇して気が立ってた」

「貴方《あなた》のような人間に因縁の敵と認定される側には心底同情しますが……あの白衣の男は」

追及の目。話さないわけにもいかないか。

こんな顔を見せたくなくて、英数字が流れていくモニターへ視線を流しながら、

「──佐藤賢一《けんいち》。『超越者創造計画《イクシード・プロジェクト》』って人体実験を主導してた天才研究者で……俺の父親だ」

case.4
夢と現実、いつかの契《ちぎ》り

The Raven & The Lady

The strongest problem buddy in the world
of special abilities

鴉　と　令　嬢

「──以上が学院襲撃事件に関して現状判明している詳細の報告になります」

「伽々里《かがり》、ご苦労。京介《きょうすけ》と有栖川《ありすがわ》くんもよくやってくれた」

一夜明けての午前中。『異特《いとく》』が占有する会議室で事件に関する報告会が行われていた。

出席しているのは俺、有栖川、十束《とつか》、地祇《ちぎ》さんと伽々里さん、静香《しずか》さん、凪《なぎ》先生とほか数名。平日なのに学生の俺と有栖川、十束がいるのは、学院が期限未定の臨時休校となったからだ。

学院は現在関係者以外立ち入り禁止となっていて、日夜詳細な情報を欲《ほっ》するマスコミが押しかけているとか。

国営の学院が許した前代未聞《ぜんだいみもん》の不祥事。世間の注目度は高い。

『異特』も早急に対策を講じる必要がある。

「まさか『皓王会《はくおうかい》』が学院へ直接乗り込んで、あまつさえ地下情報室のデータを盗み出すとは。しかも、あの佐藤賢一《さとうけんいち》の存在まで確認された。無関係とは考えにくい」

「いよいよ面倒なことになってきましたね。こっちの手の内もばれているでしょうし、早いうちに潰さないと手遅れになりますよ」

「その通りね。ドーピング薬と思われる『禁忌の果実《アップル》』は『皓王会』内で普通に出回ってるみたいだし」

地祇さん、伽々里さん、凪先生と続く。

目下の問題は山積みだ。しかも、全てが関連している可能性も浮上してきた。

『皓王会』、『禁忌の果実《アップル》』、佐藤賢一の存在。

「第一、収監されているはずの佐藤賢一がなぜ『皓王会』にいるのでしょうか」

「伽々里の疑問はもっともだな。有力なのは、やはり内通者だろう。死刑囚を秘密裏に外部へ出すならば、相応の地位を持つ者が手引きしている可能性が高い」

それは俺も考えていた。

異能犯罪による死刑囚を『異特』の面々に悟られることなく娑婆《しゃば》へ出すとなれば、限られたルートで行われているものだろう。

たとえば国家公安委員会であったり、警察庁のお偉いさんだったり。詳しいことはわからないが、それで得をする人間による仕業と思われる。

「地祇さんが知らないってなると、まさか官僚クラス？　あいつを世に放つリスクとリターンを考えれば、ない話じゃないと思います。悔しいけどアレの頭の出来は天才のそれです。なにせ、俺はあいつに改造を施されて異能者になったので」

忌々《いまいま》しげに言葉を吐くと、参加していた一同がざわめいた。

動じていないのは俺の事情を知っている地祇さんと凪先生、それと知らないことになっている有栖川だけ。

　ほんとぶれないよなあ……その精神性は尊敬するよ。

「京介、公表してよかったのか？」

「構いません。賢一の危険性を伝えるならこれよりわかりやすい事例もないですし。いずれ、話したいと思っていましたから」

「きょきょきょきょ、京ちゃんが改造された異能者ってどういうことですかっ⁉」

「先輩ってサイボーグだったんですか⁉」

「俺はサイボーグじゃないし、伽々里さんは少し落ち着いてください。順番に話します」

　動揺を隠せないでいる伽々里さんを鎮《しず》め、ふざけたことをぬかす十束に的確な突っ込みを入れつつ話の骨子を組み立てる。

　どこから話したものか……正直、俺に記憶として残っているものは多くない。昔の記憶の一部は実験の後遺症で吹き飛んでいる。

　覚えているのは身を裂くような苦痛と悪意に満ちた嗤《わら》い声。そして、幼い美桜《みお》の泣いている顔だ。思い返すだけではらわたが煮えくり返ってくる。

　だが、それでも。

「うまく話せるかわかりませんが。聞いてもらえますか」

今が過去と向き合う時だ。

賢一の危険度を知らしめるために、まだ話せそうにない部分だけを伏せて過去を話すと、会議室は重い空気になってしまった。

「——というわけで、俺は制限のない状態では異能がまともに制御できません。それでも『異極者《ハイエンド》』相当の出力はありますが……まあ、指輪がなかったら普通に生活できていませんね」

「酷《ひど》い……酷すぎます」

「先輩も苦労してたんですね。それに、美桜ちゃんまで……許せません」

ぎゅっと両手を握りしめる伽々里さんと、目を伏せて呟《つぶや》く十束。

他の面々にも重い沈黙が下りて。

「だからなんだというのですか。改造をされていようが、サイボーグだろうが、脳をいじられていようが、昔の記憶がなかろうが——佐藤京介という人間であることに変わりはないでしょう？」

有栖川が平然と言い放つ。普段と変わらない口調で、雰囲気で、表情で。

「簡単に言ってくれるな。一世一代の告白だってのに、簡単に流されると辛《つら》いんだが」

「どうでもいいです。そんなに私たちの同情を誘いたいのですか」

「そんなつもりは」

「でしょうね、知っています」

言って、柔らかに微笑《ほほえ》んだ。真意の全てを知ることはできないが、有栖川なりの気遣いだったのかもしれない。

それならそれで、ちゃんと言葉にして欲しい。

「ああ、深い意味はありませんので」

「……有栖川って」

そこまで呟いて、出かかった言葉を呑《の》み込んだ。

有栖川の態度が明らかにツンデレのそれだなんて指摘したら、この場が戦場になりかねない。絶対に本人は否定するだろうし、俺も刃傷《にんじょう》沙汰はごめんだ。

訝《いぶか》しむような視線をひらりと流して、

「でも、おかげで目が覚めた。ありがとな」

「お礼を言われる筋合いはありません」

ふん、と鼻を鳴らして有栖川は顔を背けた。

ほんと素直じゃないな。部屋を見渡せば、こみ上げる笑いを堪《こら》えている人が多数。有栖川のこんな姿はレアだから仕方ない。

和んだ空気の中で、

「京介の話は全て真実だ。俺が保証しよう。その上で、京介がここにふさわしくない――などという者は挙手を」

地祇さんの呼びかけが部屋に広がるものの、誰一人として手を挙げる者はいなかった。

「尊《みこと》さーん、その質問って意味ないですよー？　京ちゃんは私たちの大切な仲間です！」

「京介君には何の罪もないのだから当然よ。それに、うちの貴重な戦力なんだから逃がすわけないでしょう？」

「先輩は先輩ですし、瑞葉《みずは》は自分の仕事をこなすだけですし」

「貴方《あなた》は犬のように働いていればいいのです」

口々に上がる言葉は温かいもので。

「勿体《もったい》ないな。俺みたいなのには、とてもじゃないけど釣り合わない」

努力もなしに『異極者《ハイエンド》』となった俺は異質な存在だ。

ここにいるのは一人残らず天才で、努力も怠ってはいない本物ばかり。

「馬鹿ですか、貴方は」

「は、え？」

「その考えは傲慢です。どんな理由があったとしても、貴方が『異特』で重ねた実績は変わりません」

隣に座っていた有栖川が顔だけを俺へ向けて言う。真っすぐで熱を持った眼差《まなざ》し。有栖川なりに俺を信頼してくれていることが伝わってきて、感じた気恥ずかしさに耐えられず視線を逸《そ》らしてしまう。

「京介、引け目があるなら無理にとは言わない。だが、仲間くらい信じてくれ。俺はこれでも『異極者《ハイエンド》』だからな」

「有栖川、それに地祇さんも。そうですね……はい」

俺は細かいことを考えていられるほど器用じゃない。

単純明快な指針――大切で、守りたいと思う人のために力を使う。

「もう大丈夫です。自分のやるべきことがはっきりしました」

「そうか」

地祇さんは静かに頷《うなず》き、立ち上がる。

「皆《みんな》、これから忙しくなるだろう。各々《おのおの》――健闘を祈る」

「京介、ちょっといいか」

会議を終えて帰ろうとした俺を、地祇さんが止めた。

「地祇さん？　どうかしましたか」

「学院が休校だろう？　だから、少し心配でな。……美桜は元気か」

「驚くくらい元気ですよ。昨日の夜は不安定になったりもしましたけど、大きく体調は崩していません」

「そうか……」

地祇さんが安心したように言葉を漏らす。

というのも、賢一の人体実験から助け出された俺と美桜を引き取って育ててくれたのは、他でもない地祇さんだ。あの事件を表沙汰にしない目的もあったのかもしれないけど、そのおかげで俺と美桜は今もこうして暮らせている。本当に感謝してもしきれない。

『皓王会』の一件で美桜が昔のことを思い出して、引きずっていないか気にかけてくれたのだろう。

「何かあったらすぐに言ってくれ。力になる」

「助かります。美桜に賢一のことは伝えていませんが……」

「その方がいいだろうな」

顔を見合わせて頷き合う。わざわざ美桜の平穏を脅《おびや》かす必要はない。

そのために俺がいるのだから。

「この前の件で情報が『皓王会』に渡っているのは確実だ。だから、有栖川くんと十束くんに頼んで京介の家に泊まる体で、美桜のケアを頼んだ」

「えっ……それ、二人は受け入れたんです？」

「ああ。理由を話したら二人とも快く引き受けてくれた」

まじかよ……有栖川と十束が家に泊まるとか、正直冗談じゃない。けど、美桜の精神状態を考えたら、その方が安心はできそうだ。

俺一人よりも、二人がいたほうがもしものときに対応しやすいのは確かだからな。

問題は俺がどう振る舞うかだけど……まあ、最悪部屋に籠っておけばいいか。顔を合わせなければ嫌な顔をされることもあるまい。

そんな考えで自分を納得させていると、地祇さんが気難しい表情のまま口を開く。

「……京介は、昔の話をして本当によかったのか」

「そのことなら、特には。いつか話す必要がありましたし、賢一の危険度が伝わるならそれでいいです。二度と、同じ惨劇を繰り返さないためにも」

「……そう、だな。あんなことはもうさせない」

悪夢だって、夢である限りいつかは幕を下ろす。

それでも終わらない夢ならば——無理にでも役者を引きずり下ろすだけだ。

翌日の朝。

休校なのをいいことに怠惰を貪っていた俺を起こそうとする美桜の声。

「お兄ーっ！　休校だからってぐうたらしないのーっ」

「わかった！　わかったから腹に馬乗りはやめて！　夕飯飛び出る！」

「だって、こうでもしないと起きないじゃん」

休校だよ？　あとくされない正式な休みだよ？　そんなのグダグダするに決まってる。

「早く起きてー。ダメ人間になっちゃうよー」

「まだダメ人間じゃないと逆説的に認めてくれている点にお兄ちゃんは涙を禁じ得ないな」

「そりゃあ、妹ですから。お兄はここぞという時に頼りになるのを知ってるからね」

仰向《あおむ》けに眠っていた俺の腹の上で「てへっ」と小さく舌を出して言ってのける美桜。可《か》愛《わい》さ百万点だ。守りたいこの笑顔。

いいえ、俺が守ります。

素面《しらふ》で妹万歳な思考を続けつつも、美桜がどいたので布団《ふとん》をはいで起き上がる。

時刻は午前九時を過ぎたくらい。休みは睡眠時間が多くなっていけないな。

「ごはんできてるけど、どうするー？」

「ありがたくいただきます」

「よろしい。リビングに来る前に着替えてきなよーっ」

美桜は言い残してせわしなく部屋を去っていった。

ばたん、と扉が閉じて。

「あっ、そうだ！　言い忘れてた！」

「んのわっ⁉」

勢いよく扉が開いて。

「――今日、うちでお泊まり会することになったから！」

そういえばそうだったと思い出して、俺は一人頭を抱えた。

飛び切り美味《おい》しい朝食を腹に納めてから、およそ一時間後。

「お邪魔しまーす！」

「瑞葉ちゃん！　入って入って！」

午前中、家にやってきたのは大きなトランクを引く十束だった。春らしいパステルカラーの装《よそお》いがよく似合っている。

（来ちゃいましたっ）

わざわざ『念話《テレパス》』で俺だけに伝え、あざといウインク。大丈夫、致命傷だ。裏表がある
とはいえ、十束が美少女なのに変わりはない。

まあ、うちの美桜が最高だけどな‼

「瑞葉、友達の家でお泊まり会って初めてです！」

「私も！」

微笑ましいやり取りを交わす二人を見て、ほんの少し胸の奥が痛む。いや、別にここま
で仲がいい友人がうらやましいとかちっとも思ってないんだけどさ？

うん、友達とかいらない。いらな……ごめんなさい調子乗りました。

「元気なのはいいけど、ずいぶんと大荷物だな」

「女の子は必要なものが多いんです」

「お兄も女の子になれば理解できるかもね。一度女装でもしてみる？」

「おぞましいクリーチャーが出来上がるだけだからな⁇」

「想像したらちょっと面白いのずるいと思います。ぷっ」

なにやら十束の中で俺の女装姿がツボに入ったらしく、口元を押さえて声を漏らしてい
る。

人の容姿を笑うとは失礼な……と言いたいものの、実際想像したら滑稽過ぎるので仕方ない。軽く検閲が入りそうなクリーチャーだな。

「とにかく中に入ってくれ。荷物は重いなら俺が持っていくけど？」

「ならお願いしまーす」

十束に差し出された荷物を弱い重力で反発させることで床から浮かせ、リビングへ運ぶ。中身のことは極力考えない。乙女には秘密がいっぱいらしいからな。

「あの人は？」

「朝に弱いみたいだから、もう少しかかるんじゃないかなあ」

俺はそれを聞いてうへぇと顔を顰《しか》めた。やっぱり来るのか有栖川。

「じゃあ、今日もいっぱいお話ししようね！」

「うん！」

二人が美桜の部屋へと消えたところで、俺も自分の部屋へ戻る。

美桜が着実に兄離れしていることへ一抹の寂しさを感じつつベッドに寝転がる。これは昼まで不貞寝《ふてね》して傷ついた心を癒やすしかない。

瞼《まぶた》を閉じてから、ズボンのポケットに入れていたスマホがピロンと着信を告げた。メッセージなら緊急性は薄いだろうと考え、内容を見るまでもなく無視。どうせニュースか公式アカウントからのセールスだ。

ともあれ、今は眠りたい。

平日の午前中から二度寝とは罪深くも甘美な魅力があって抗《あらが》えないのだ。世の中で汗水たらして仕事に勤《いそ》しむ人たちの姿を想像してほくそえみ、布団をかぶる。

そのまま瞼を閉じていれば、だんだんと眠気に誘われて——

「——っ」

ふと意識が半端《はんぱ》に覚醒し、寝ぼけたまま目を開けば。

「ようやく起きましたか。待ちくたびれましたよ」

聞き覚えのある声音が、ちょうどベッドのそばから響いてきた。

ぼやけた視界の端に映り込む銀色の毛束と組まれた長い脚。

寝ぼけているのだろう。きっともう一度寝て起きればすっきり目覚められるはず——

「寝ようとしないでください。貴方の寝顔にそこまでの価値はありませんよ」

「いっ⁉」

額に痛みが走り目を見開き起き上がれば、目の前に有栖川が不機嫌そうに腕をこちらへ突き出していた。さっきの痛みはデコピンか？　めちゃくちゃ痛かったんだが。

いや、この際それはどうでもいい。

ここは俺の家で、俺の部屋で――どんな理由があれば有栖川がベッドのそばにいること
に繋《つな》がるのか。てか、もしかして起きるまでずっと寝顔を見られてた？

いや、理由ならあった。お泊まり会とやらをするんだったか。だとしても理解できない
けど。

「つかぬことをお訊《き》きいたしますが、有栖川さんはいついらしたので？」

「少し前です。そんなに長くはいません」

素早く時計を確認。短針は十二を廻《まわ》って一を僅かに過ぎたくらいだ。結構寝入ってしま
ったらしい。

「で、なんで俺の部屋に？」

「三人で出かけて帰ってきたのですが、美桜ちゃんに貴方《あなた》の様子を見てきて欲しいと頼ま
れましたので。昼食、まだでしょう？」

「まあ、そうだけど」

「冷蔵庫に美桜ちゃんが作ったオムライスが入っていますから」

寝ている兄にも昼食を作っていただけるとは……本当に感謝しかない。

美桜が作ったオムライスは絶品と俺の中で評判だ。聞いただけでお腹《なか》が空《す》いてくる。

「起こしてくれて助かった」

「美桜ちゃんに頼まれなければこんなことはしていません」

「はいはい」

適当に流して起き上がり、キッチンへ。冷蔵庫から美桜が作ったオムライスを取り出して、電子レンジで温める。

そうして待っていると――なぜか有栖川が我が物顔でリビングにいることに気づく。

「二人のとこに行かないのか？」

「一人にしたら何をするかわかりませんので」

「俺、監視が必要なほどの危険人物なの？」

「危険というか、奇怪というか」

「誰が妖怪だ」

「そこまでは言ってません」

陰キャに生存権は存在しないのだろうか。

返す言葉も浮かばないまま、電子レンジからチーン、と温め終わったことを知らせる音が響く。

すっかり温度を取り戻したオムライスとスプーンを運んで、手を合わせて食べ始める。

温めたことで元は半熟だった卵が少し固まってしまったが、それもいいと感じさせる完成度。味は文句のつけようがなく、食べ進める手が止まらない。

「女性に自分の食事風景を観察させる特殊性癖でもあるのですか」

「そんな性癖は断じてない」

途中でふざけたことをぬかす有栖川に突っ込みつつ、あっという間に完食してしまう。

「ふう……美味《うま》かった。てか、有栖川たちもこれ食べたんだよな」

「それがなにか？」

「自慢の妹が作った料理に対する感想が聞きたいと思いまして」

「美味しかったですよ？　とても優しい味でした」

「お嬢様のお口にもあったようでなによりだ。まあ、美桜の手料理を不味《まず》いというやつは味覚が狂ってるだろうし」

「本当に妹バカですね」

「自慢の妹を自慢して何が悪い」

美桜は完全無欠な妹なのだ。

有栖川もそこのところは理解して帰ってほしい。というか色々見習ってくれ。直接言ったら何されるか想像もつかないから言わないけど。

使った食器を洗って片付け、俺は有栖川と別れて部屋に戻った。

午後は適当に過ごして美桜が作った夕食を食べ終えてから、俺は自室で息を潜めていた。口を噤《つぐ》み、存在感を消しながら夜を過ごす。

なぜ我が家で肩身の狭い居候《いそうろう》じみたことをしているかといえば、理不尽に脅《おびや》かされないためだ。

このまま部屋に立てこもって明日の朝を迎える——

「お兄ちゃーん。お風呂《ふろ》空いたよー?」

敵前逃亡は許されないらしい。

美桜の呼び掛けを無視することは兄として許容できないので、諦めて扉を開けた。

薄桃色のパジャマを着た美桜は湯上がりで、しっとりと濡《ぬ》れた長く艶めいた黒髪を頭の上でお団子にしている。

俺が部屋に籠っていた理由は、お風呂から上がってくる三人と鉢合わせて面倒が起こらないようにするためだった。頭ファンタジーな鈍感系主人公ならこうはいかない。

何も考えずトイレに行ったタイミングで誰かの着替えシーンに出くわして、ラブコメ展開へ陥るのだろう。だが、俺に限っては有り得ない。

何事もなく嵐を乗り切ったのだ。

「それなら入る。パジャマ新しくなった？」

「よくぞお気づきになりました！　折角だから新しいのを選んできたの。どう｜？」

満面の笑みで美桜が言って、くるりと華麗にターンを決める。

うん、可愛《かわい》い。溜《た》まっていた日々の澱《よど》みが浄化されるようだ。やはり妹の笑顔は万能薬。

広辞苑《こうじえん》にも載せるべき世界の真理だと思う。

「可愛いぞ、よく似合ってる」

「えへへ、ありがと。次は訊かれる前に言ってくれると女の子的には嬉《うれ》しいよ？」

「非モテ陰キャには難しすぎる要求だな。善処はするけど期待はしないでくれ」

「首を長ーくして待ってるよ。おやすみっ」

美桜は手を振って、自分の部屋に戻っていく。

風呂が空いたのなら早いうちに入ってしまおう。

念の為《ため》に警戒しながら脱衣場へ向かうも、既にもぬけの殻となっている。洗濯機も先に回されていて三人が着ていた服の類いは残っていない。むしろ残ってたらどうしようかと思ったよ。

風呂上がりに処刑が待ち受けていないことを確認してから服を脱ぎ捨て浴室の中へ。

まだ温かな空気が満ちた浴室。濡れた床の冷たさを足の裏で感じながら、ようやく安心して過ごせると息をついた。シャワーのハンドルをひねり、湯加減の調整をしてから浴びる。

ぬるめのお湯が無駄に思考領域を占領している考え事を押し流していくようだ。

「今日はいろいろあったな」

髪を洗いながら、本日の出来事を振り返る。

昨日の今日で有栖川と十束が泊まるのが決まったと聞いて複雑な気分だったものの、今のところ平和に過ごせている。このままなら問題なさそうだ。

それに、二人がいるなら美桜も学校でのことは忘れられるだろう。もしもやつが直接家を襲撃してきたとしても、有栖川に美桜を任せて応戦できる。そこは歓迎するべきなのだろうが……俺の心境は穏やかではない。

あの有栖川と十束が家にいるのだ。油断も隙もあったものではない。

俺にできるのはなるべく関わりを持たずに夜を凌《しの》ぐことだけ。

一通り身体《からだ》を洗い終えて、溜めなおされていた湯船に身を沈める。三人が浸《つ》かっていたお湯じゃなくて残念だ、とか欠片《かけら》たりとも考えていないからな？　俺にそこまでの変態性癖はない。

ふうう、と長く息を吐いて、肩まで湯に沈んだ。蓄積された疲労が透明なお湯に溶けていく気さえする。やはり湯船は偉大であると再認識せざるを得ない。

　気が済むまで極楽を満喫し、名残惜しくも風呂を上がって着替える。すっかり温まった身体がじんわりと眠気を伝えて、大きな欠伸《あくび》を一つ。そんなに遅い時間ではないはずなのだが、今日は寝てしまってもいいか。

　一度キッチンへ立ち寄り、水で喉を潤してから部屋へ戻る途中、

「うげ」

「顔を合わせてそれはないでしょう。というか、私のセリフです」

　有栖川と出くわした。もう寝る前なのか、足首まで丈のある柔らかそうな生地の白いネグリジェを揺らす姿は、まるでお嬢様……いや、正真正銘いいとこのお嬢様だった。普段の言動を見ていると忘れそうになるけど。

「もう寝るのか？」

「暫《しばら》くは寝られないかと」

「美桜が勝手に盛り上がってるのか。付き合わせて悪いな」

「乗りかかった船ですから。それに……いえ、なんでもありません」

　有栖川は何かを言いかけ、直前で言葉を呑《の》み込んだ。

　まあ、聞く必要もないだろう。話したくないのならそれでもいい。俺はもう眠いんだ。

「じゃ。おやすみ」

「ええ。永遠に」

「死なないからな⁉」

元々返事なんて期待してはいなかったため、有栖川とすれ違って部屋へ戻る。明日も休みだと心が楽でいい。

降って湧いた休日に感謝の念を送りながらベッドへ寝転がり、目をつむればすぐに意識が落ちて――

■

狭く寒い暗がりで、俺は天井を見上げていた。

クリーム色ではなく灰色のコンクリートの壁に覆われた、地下室と呼ぶべき窓のない牢《ろう》獄《ごく》。手足にはベッドに取り付けられた枷《かせ》が嵌《は》められ、動くことはできない。

朧《おぼろ》気《げ》な意識の中で、これが夢であることに気付く。それも、身に覚えがあり忘れられない過去の再現だ。

状況を理解できたなら多少は落ち着いた。

冷えゆく頭の芯。思考が明瞭になっていく。

なんで今になって、この夢を見せられてるんだよ。

悪態をついて、心の中で舌を打つ。なにせ、この後に待っている出来事を知っている。

ギギ、と鉄の扉が軋《きし》む音を上げながら開き、白衣の男たちが入ってくる。その中に――

佐藤賢一も交じっていた。賢一は俺を一瞥《いちべつ》し、満足そうにこちらへ寄ってくる。

「――――」

口は動くも声は聞こえない。だが、何を考えているかは知っている。やつは俺を実験動物程度にしか認識していない。

『超越者創造計画《イクシード・プロジェクト》』……血の繋《つな》がりも倫理観も存在しない、世にもおぞましい計画の犠牲になったのだから。

結果として俺は『異極者《ハイエンド》』へと至ったものの、それは『超越者創造計画《イクシード・プロジェクト》』の最中ではなかった。

賢一は俺を見限り次なる被検体――美桜へ魔の手を伸ばそうとしていたタイミングで、『異特』によって捕縛され計画は瓦解《がかい》。

未来永劫《えいごう》、やつの望みは叶《かな》わないはずだった。

でも、もう遅かったんだろうな。

悪意を内包した嗤《わら》い顔を見上げながら、ふと考える。

賢一が捕らえられた時には美桜にも手が入っていた。美桜は強制的に異能を書き換えられ、不完全に終わった計画を補完するための鍵の役割を背負わされた。『異極者《ハイエンド》』の先。『超越者《イクシード》』へ続く閉ざされた扉をこじ開けるために。

「――――」

そんな未来を知らず、やつは俺の腕に無針注射器の先をあてがう。

コシュッ、と軽すぎる音が響いて。

暗くなっていく視界の中央で哄笑《こうしょう》を浮かべるやつの姿が徐々に遠ざかり、意識が薄れゆく。胸の内で渦巻く熱が思考を侵して、氾濫した川のように溢《あふ》れ出た。

黒い、小さな粒子が部屋を舞う。ソレが研究者の一人に触れると、男の身体が黒い粒に強く引き寄せられ、ぐにゃりと四肢がねじ曲がった。

響く悲鳴じみた叫び。言葉としては認識されず、獣の唸《うな》り声にも似たそれが暗い部屋にこだまする。

腕が千切れ、脚が逆に折れ、腹が左右に裂ける。顔は圧縮され、小さく硬い石のように変化した。

黒い粒が消えると、男だったナニカが床へ投げ出された。水気を帯びた音と、濃密な鉄臭さが感覚を塗り替える。

沈黙の後、再び悲鳴が上がる。化物だ、と誰かが言ったのを皮切りに、他の研究者へ恐怖と悲鳴が伝播《でんぱ》した。

――俺が、殺した。

前提も過程もどうあれ、初めて異能で人を殺した。

頭にこびりついた悲鳴が、怨嗟《えんさ》が、目が。脳裏に焼き付いたソレは、二度と忘れることはないだろう。

死は生へと還《かえ》らない。俺は死ぬまで、十字架を背負うことになる。

忘却は許されない。彼らの存在を記憶に刻むしか、俺に償える方法はない。

他ならない俺自身が、殺したのだから。

我先にと部屋から逃げるように出ていく彼らを最後まで見届けた賢一が、はあと呆《あき》れたように肩を竦《すく》めてため息をつく。

「全く、最近の若者は根性がない。これこそが我々が求める最奥だというのに。すべての異能者の上に立つ、絶対的な力を持った異能者――『超越者《イクシード》』。さあ、実験を続けよう。今のは良い兆候だ。次々いこうじゃないか」

浮かべた嗤笑《ししょう》。無針注射器を見せつけて、休む間もなく薬液が注入された。

激しく鼓動を打つ心臓の音が、酷《ひど》く煩《うるさ》かったことを覚えている。噴き出すように汗が滲《にじ》んで、息遣いが荒く、不規則に乱れた。

変わらぬ憎しみを再認識しながら視界が黒に染まって、徐々に意識が遠のいて悪夢の世界は幕を下ろす。

■

美桜の部屋に集ったパジャマ姿の三人。

女三人寄れば姦《かしま》しい、とはよく言われるものの、部屋には緊張感が漂っている。

真剣な表情で手元に広げたトランプのカードと他二人の表情や視線に気を配っていた。

ゲームはババ抜き、通算五戦目である。

「……これ！」

美桜が順番でアリサの手札を一枚引く。自分の手札と並べて、「やった」と笑みを浮かべつつペアのカードを場に捨てる。

美桜の手札は最後の一枚――つまり、勝ちが確定していた。

「美桜ちゃん強すぎない……？」

「これで三勝目ですね」

「運はいいからっ」

　ちなみにアリサと瑞葉は双方一勝ずつと、最下位が二回ずつ。今回二位の方が勝ち越しになる。

「というか、有栖川先輩ってゲームとか下手です？」

「……その下手と同じ戦績なのは誰でしょうね」

「最終的に勝つのは瑞葉なのでっ」

　どちらも負けたくないと、目線でも火花を散らす。勝利が決まっている美桜は苦笑するしかなかった。

　それに——この五戦をする前に設定した罰ゲームもある。

　通算成績で最下位の人が、一位の人の質問に答えることになっていた。質問の範囲は指定されていない。

　言い出したのは年下組……特に瑞葉。アリサを狙い撃ちにした提案である。

　アリサは渋ったものの「もしかして負けるの怖いんですかー？」と瑞葉に煽《あお》られ、アリサは売り言葉に買い言葉で承諾した。逃げ道を失ったアリサは絶対に勝つと心に誓って五番勝負に臨んでいる……のだが、経験の差は埋めがたい。

　有栖川アリサには知り合いと呼べる相手は多いが、友人と呼べる相手は少ない。それこそ京介と同じく片手で足りるのではないかというほどだ。

名前を挙げるとするなら、アリサは微妙な顔をするだろうが京介と美桜、瑞葉もまあ数えて問題はない。それから……と考えに詰まってしまうと言えば、後はわかるだろう。

要するに、アリサがこうして友達とトランプで遊ぶのは初めてのことだった。

「…………」

「引かないんですか？　引かないと勝てませんよ？」

「…………っ」

瑞葉の挑発に乗ることなく、アリサはカードを引いた。ハートの９……ペアが揃《そろ》って、残りの手札がスペードの４だけになる。

それから瑞葉が美桜の残り一枚を引いて、ペアを捨てる。「勝った！」と美桜が満面の笑みで両手を上げた。

「さて……一対一ですね、有栖川先輩」

残った二枚で口元を隠しつつ不敵に笑う瑞葉。対するアリサは尋常ではない集中力で瑞葉の様子を観察する。

ここで負けるわけにはいかない。そんな強い思いがアリサの手先を震わせた。瑞葉が持つカードへ手を伸ばす。指先でカードを摘まみ——ふっ、と鼻で笑った瑞葉の顔が見えて、手から抜き取る前にアリサは思いとどまる。

「あれ？　引かないんですか？」

「……別にいいでしょう？」

「ま、精々頑張ってくださいよ。瑞葉は有栖川先輩のお話、聞きたいですけどね」

にっこりと、あくまで他意はないと言うように笑む瑞葉。それを挑発と受け取ったアリサの眉がぴくりと動く。すっと細められた紺碧《こんぺき》の双眸《そうぼう》、結ばれた唇。渇いた喉を潤すように、テーブルに置いていた冷たい麦茶で潤いを補給する。

息をついて、再度瑞葉と向き合った。美桜は二人の勝負の行方を見届けるためか、口を出さずに身振り手振りで応援していた。

瑞葉は二枚の手札を入れ替えたり、上下させたり、視線でアリサの意識を誘導しようと目論《もくろ》んでいた。アリサはどちらが勝利の一手なのかと考えながら、右側のカードに改めて手を伸ばす。

「ほんとにいいんですか？」

「ええ。私が勝つのは目に見えていますので」

冷たく瑞葉の最終確認を受け流して、それを引き抜き、表を見て——

「残念でしたーっ！」

憎たらしいほど元気な瑞葉の声が届けられた。アリサの頬が固まって、ぎこちなく手札をシャッフルし、気分を逸《そ》らそうとする。二枚になった手札を瑞葉へ向けて駆け引きをしようとしたが――その前に瑞葉は一枚を引き抜いていく。

あ、と思わず漏れた声。アリサの手元に残ったのは、道化師の姿が描かれたカード……ジョーカーだった。

「いやー危なかったですねー。でもまあ、瑞葉の勝ちですっ」

達成感と、その後への期待を胸にした瑞葉がアリサへと視線を送る。アリサはただ、残されたジョーカーにしか目が行っていない。完全に放心してしまっていた。

「てことは、アリサさんが罰ゲーム……ってこと?」

「そうそう! 有栖川先輩、色々聞かせてもらいますからね……?」

女子中学生、恋愛沙汰には目がない年頃の二人が、どこか危ない気配を滲ませた瞳でアリサを映した。それに気づいて、アリサは頬を引き攣《つ》らせる。

だが、逃げようとはしない。リスクは誰もが同じ。それに、二人が逃がしてくれるはずもなかった。

諦めつつ、意識的に気を抜きながら冷たい麦茶を飲む。喉を通る感覚が心地いい。多少は気分がマシになったものの、状況は何一つ好転していない。

「……それで、質問の内容はなんでしょうか」

場に捨てられたトランプを回収しつつ二人に訊《き》く。正確には勝利数が一番多い美桜に、だろうか。しばし迷って、美桜が口を開いた。

「アリサさんって、お兄ちゃんのことをどう思っているんですか？」

「瑞葉も気になります！」

疑問と、多少の興味からの質問。兄の京介とアリサの関係性は、美桜としても気になるところではあった。京介から話は聞くものの、アリサ側の認識も知りたかったのだ。

縫い留められたように止まるアリサの手。少し聞きたかった内容とずれていたなと思いながらも、それはそれでアリだと感じている瑞葉。

「……本当に言わなければダメ、ですか」

アリサはぽつりとそう返す。普段の気の強さなど欠片《かけら》もない、年相応な一人の少女としての言葉。自分でその声に驚きながらも、そうなった理由に辿《たど》り着いてしまい顔が熱くなるのを感じた。

「……なんですかね、この罪悪感」

「アリサさんもこんな顔するんだ……」

瑞葉はバツが悪そうに頰を指先で掻《か》いて、美桜もアリサの意外な一面に見蕩《みと》れていた。

瑞葉はともかく、美桜から見てアリサは完璧で、数歳上とは考えられないほど大人びた存在。そんなアリサでもこんな表情を浮かべることを知って、急に親近感がわいていた。

そもそも、アリサが表情を大きく動かすのは珍しい。普段は凛《りん》とした、ともすれば冷たい雰囲気を漂わせているのに、今のアリサは頰をほんのりと赤く染めている。美桜と瑞葉ですら、そのギャップにやられていた。

いじらしさすら滲ませるアリサの表情は、瑞葉も揶揄《からか》うことを躊躇《ちゅうちょ》してしまうものだった。

「……いえ、負けた私に選択肢はありませんね。私が彼を――佐藤京介をどう思っているか、ですか」

顎に手を当てながらアリサは思考し、自分の中にある感情を正確に推量する。その末に、アリサは言葉を選んで続けた。

「佐藤京介は美桜ちゃんの兄で、学校の同学年で、仕事の同僚で……きっと、友人のようなものでしょうね」

仕事のパートナーとは言わない。京介とは対等ではないと、表に出さないだけで気後れのようなものがあった。レベルⅨと『異極者《ハイエンド》』……たった一の差が、果てしなく遠い。

けれど、友人ではありたい。対等でありたいと願っている。そうあろうとしてくれる京介に応えたい。そんな思いも、嘘《うそ》じゃない。

それに――胸の内に秘めておくべき想《おも》いも、多少なり自覚していた。恋と呼ぶには淡いながらも、小さな灯《ともしび》として宿っている。

だからこそ、友人のようなもの。曖昧な境界線の向こう側から、アリサは京介を見ていた。

「友人のようなものって……素直に友達だって言えばいいじゃないですか」

「誰もが貴女《あなた》のようにお気楽な思考をしていないんですよ」

「それにしてもアリサさんは考え過ぎだと思うけどなあ。お兄ちゃん、そんな細かいこと気にするように見えます？」

「……私が勝手に気にしているだけです」

目を逸らしながらアリサが答えると、美桜と瑞葉は顔を見合わせて笑った。対外的な評価ほど、素のアリサは器用でも万能でもない。

特に誰かのこととなれば、明確な答えなんて出せるはずがなかった。

「ですが、ええ。私は彼のことは人として信用も、信頼もしていますよ。だからこそ、私は隣にいられるようになりたい……そう思います。今はまだ、与えられる方が多いですけど」

過去もそうだし、先日もそうだった。

有栖川アリサという人間は、まだ弱い。背負った過去は、まだアリサの重石《おもし》となっている。それが少しずつ、京介といることで軽くなるような気がした。

むむ、と瑞葉が眉を寄せて、感じたままの感想を呟《つぶや》く。

「……なんて言うか、ほぼプロポーズみたいでしたね」

「っ、そんなことあり得るわけがないでしょうっ⁉ 私はただ彼に関しての想いを語っただけで——」

「あーはいはいごめんなさーいっ。これ以上は藪蛇《やぶへび》っぽいですかね？」

「お兄ちゃん、アリサさんにここまで言わせるって……本当に鈍いよ」

「それに関しては同感ですっ」

「ああ、もう、だから嫌だったんです」

好き放題言われて、アリサが顔を覆って目を伏せる。体温が上昇したのは、気のせいではないはずだ。全部京介のせいだと責任転嫁《てんか》をして、燻《くすぶ》る感情を余計に意識してしまう。

プロポーズなんて……言われてみればそう捉えられなくもないなと納得しかけて、絶対に違うと勢いよく首を振る。

好意的なものではあるけれど、その色は色々なものが混ざり合ったマーブル色。これだと一つに定義できるものではなく、時と場合で変わるもの。

「……お手洗いをお借りします」

すっとアリサは立ち上がって、美桜の部屋を出て行った。

「アリサさん、怒っちゃったかな……」

「それはないと思うなあ。だって、あの顔完全に恋する乙女のソレだったよ？」

「アリサさんがお兄ちゃんに恋かあ……」

「前途多難なのは確実だよねっ」

簡単に想像できてしまい、美桜も苦笑して頷《うなず》いた。

帰ってきたアリサを交えて流れでのガールズトークに花を咲かせつつ、日付が変わった後くらいには寝ることになった。三人の寝入りは早く、数十分もすると静かな寝息が響いている。

寝静まった深夜、アリサがふと目を覚ます。ぼんやりとした瞳、眠気が残った表情は柔らかく、年齢よりもあどけない。

彼女は枕元に置いていたスマホで時間を見て、また眠るのかと思いきや、二人を起こさないようひっそりと布団《ふとん》を抜け出して部屋を出る。

向かった先はキッチン。コップを借りて麦茶を注ぎ、椅子に座りながら喉を潤した。コップを洗って片付けたアリサが部屋に戻る途中、何やら呻《うめ》き声のようなものが京介の部屋から聞こえてきた。

しかも、どこか苦しげな気配を帯びている声に、眠気が残ったままでも反応してしまう。その声に似たものを、アリサは知っている。

「……寝言くらい静かにしたらどうなんですか」

寝ている人の部屋に無断で入るのは褒められた行為ではないとわかっていても、放っておくことはできなかった。ここで見て見ぬふりをして寝てしまえば、寝覚めが悪い。

これは仕方のないこと——そう言い訳をして、アリサは静かに京介の部屋の扉を開けた。

廊下から差し込んだ光だけが、京介の部屋を照らしている。

家具の類いには目もくれず、アリサは寝ている京介へ視線を走らせた。京介は低い呻き声と寝言を発しながら、苦しそうに身じろいでいる。顰《しか》められた顔、額に浮かぶ汗、助けを求めるように手を天井へ翳《かざ》していた。

尋常ではないそれに一瞬どうするべきか迷った。できるなら起こしてしまいたい。が、そこまでするのは躊躇《ためら》いがあった。とはいえ、ここまで見て引き返せるほどアリサは非情でもない。結論として、アリサは椅子に座って見守ることにした。

デスクライトをつけて、机に置いてあった本を適当に取って開く。寝起きの頭には内容が良く入ってこないけれど、時間潰しになるのならなんでもよかった。

時折京介の様子を窺《うかが》いつつ、本を眺めることおよそ数十分。

「お目覚めですか、佐藤京介」

勢いよく目覚めた京介へ、アリサは若干の安堵《あんど》を抱きながら言葉をかけた。

■

「――っ、は」

夢から目覚めるなり、勢いよくベッドから上体を起こした。荒い呼吸、背中はじっとりと嫌な汗が滲《にじ》んでいる。

枕元の置き時計が指し示すは午前三時と二十分ほど。かなり中途半端《ちゅうとはんぱ》な時間に起きてしまったらしい。

あんな夢を見たせいで眠る気にもなれないのは困った。とりあえず汗を流すためにシャワーだけでも浴びてこようかと考え――

「お目覚めですか、佐藤京介」

涼やかで、柔らかさを伴った声が、すぐ隣から聞こえた。部屋にいるはずのない人物の肉声に驚いて肩を跳ねさせながらも振り向けば、白いネグリジェ姿の有栖川が、椅子に座りながら読んでいた本を閉じた。

まさか有栖川がこんな時間に部屋にいるはずがない……と思い瞼《まぶた》を擦《こす》って確認するも、深窓の令嬢然とした姿は変わらない。

点灯しているデスクライトに照らされた有栖川の顔。暗い部屋の中で、燦然《さんぜん》と煌《きら》めく紺《こん》碧《ぺき》の瞳が俺へ注がれていて。

「っ⁉」

慌てて後ろへ飛び退《の》き距離をとる。

背中を壁に合わせたところで、有栖川はむっと眉を寄せた。不快感よりは不満げな、年相応の表情だ。

「そんなに驚く必要はないと思うのですが」

「無理言うなよ。なんで夜中に目が覚めたと思ったら、部屋に有栖川がいるんだよ。てか、勝手に男の部屋に入ってくるな。世の中の男はケダモノだって習わなかったか？」

「貴方《あなた》がケダモノだと言うなら、さしずめ私はそれを狩る狩猟者でしょうか」

「やめろよ？　こんなとこで解体ショーは勘弁だ」

引き攣《つ》った笑いを浮かべつつ、両手を上げて降伏の姿勢をとる。

はあ、とため息。続けて眉間を押さえた有栖川だったが、それ以上の追及はなかった。

「んで、なんで俺の部屋に？　夜襲？」

「……そんなに死にたいならお望み通りにしてもいいですけど」

「いえ違いますほんの冗談なんですごめんなさい許してください」

「わかればいいのです」

土下座をして謝罪をすると、寛大な言葉で許しを得た。少なくとも命を一つ拾えたみたいだ。

けれど、有栖川の話はそれで終わりではない。咳払《せきばら》いを挟み、

「部屋の前を通った時に呻き声みたいなのが聞こえまして。様子を見に来ただけです。悪夢でも見て魘《うな》されていたのですか」

何気ない有栖川の予想は、あながち間違いでもない。個人的には悪夢の類いではある。

「見守ってくれてたのか？」

「いえ。監視の方が正しいかと」

「俺は囚人か⁉」

眉を寄せながら言うと、「似たようなものでしょう？」と変わらない表情で返ってくる。

多分、冗談で言ってない。

だが、すぐに目元がすっと細められる。

「賢一の夢、ですか」

「……声に出てた？」

ぎくりとしつつも尋ねると、有栖川は無言のまま頷いた。寝言聞かれてたとか普通に恥ずかしいんだけど。

他に変なこと口走ってなかったよな？

「……貴方にとって乗り越えるべき過去が、その夢なのですね」

確認をするように、有栖川は俺に問う。ここまで知られているのなら誤魔化す必要はない。

「……そうだな。俺の異能も、美桜のことも、全部がそこに繋《つな》がる」

「です、か」

有栖川は目を伏せる。

「……なあ、今度は俺の独り言を聞いてくれるか」

「私にメリットが？」

有栖川の言葉をあえて無視して、俺は過去の記憶を思い起こす。話す必要も、理由もない。それでも——有栖川なら、受け止めてくれると思った。

胸に言葉がつっかえる。けれど、それを意思で押し上げて、吐き出す。

「——人を、殺したことがあるんだ。賢一の実験中に、制御を失った異能で人を殺した」

自分でも驚くくらい抑揚のない口調のそれに反応してか、隣で有栖川が息を呑《の》む音が聞こえた気がした。

その反応も当たり前だろう。人を殺したなんて言われても、現実感がない。嘘《うそ》だと思われていそうだけど、それでもいい。

「自分の意思じゃないって言い訳をするのは簡単だけど……殺したのは間違いなく俺の異能だった。おかしな話だよな。そんなやつが『異特』なんて分不相応な場所に籍を置いているんだから」

前々から思っていたことだ。

人を殺した俺が治安維持組織でもある『異特』にいるなんて、どう考えてもおかしい。

俺がいるべき場所は賢一と同じ冷たい独房――それすら生温《なまぬる》い。

異能も自分で制御できない危険物は、即時処分してしまうのが世のため。

「――ああ、そうですか。貴方も、なのですね」

冷たい思考を遮ったのは、静かながら痛々しい声だった。

違和感に引かれるように有栖川へと視線を向ければ、間髪入れずに桜色の唇を震わせて、

「――私も、人を殺したことがあります」

強張《こわば》りを伴った表情で、有栖川は告白する。

今度は、俺が固まる番だった。

「——今、人を殺したことがあるって言ったか？」

「ええ。貴方も本当なのでしょう？」

「……地祇さんのことだから全部知ってたのか？」

点と点が線で繋がり、奇妙な納得感が生まれる。俺と有栖川を組ませたのはそういう理由だったのかもしれない。

しかし——だ。

「まさか、こんな近くに同じような境遇のやつがいるとは思ってもいなかった。しかも、それがあの有栖川なんて、な」

「それは私のセリフです。ですが、私と貴方は決定的に違います」

縋《すが》るような眼差《まなざ》し。俺は少しだけ考えて——首を横に振った。

「強がってるだけだ。可愛《かわい》い妹の前ではかっこいい兄でありたいって、ちっぽけなプライドだよ」

「……私はそこまで強くなれません」

「初めから強い必要なんてない」

「……割り切れたら苦労しませんよ」

悲痛な色を滲ませた紺碧の瞳。吸い込まれるような色のそれが、下りた瞼で遮られる。

「私はまだ、過去に負けたままです」

「でも、立ち向かうんだろ？　俺が知ってる有栖川アリサって人間はそういうやつだ」

「……っ、……本当に、人の癇《かん》に障《さわ》ることしか言いませんね」

「俺悪いこと言った⁇」

「腹立たしいですね、この上なく」

そうはいうものの、有栖川の表情からは強張りや悲しげな気配は抜けていた。

人を殺した、なんて突拍子もない話を受け止められる人は極少数。でも、それは有栖川も同じだ。誰にも話せず、思いを秘め続け、悩んでいた。

俺と同じ過去を持つ有栖川ならば、俺がまた道を違えようとしたときに、力ずくでも引き留めてくれるはずだ。

有栖川は目を合わせたまま黙考する。そして、静寂を裂くように言葉を紡《つむ》ぐ。

「貴方が道を見失ってしまったときは、私が止めます。貴方が私を止めてくれた、あのとき、きと同じように」

「……頼んだ」

異能強度的には有栖川の方が下だ。けれど、それは理由にならない。

異能はあくまで精神エネルギーの集合体。信念のない異能なんて、有栖川なら簡単に止められる。止めてくれる。

顔を合わせれば憎まれ口をたたき合う仲。全く話が合わないようで、意外と進む方向は同じだったりする。

有栖川はすっと立ち上がり、読んでいた本を仕舞って、

「秘密、ということでいいのですね」

「言いふらすようなことでもないし。そうしてくれると助かる」

「ええ。……これではどちらが助けに来たのかわかりませんね」

「何か言ったか?」

「何でもありません。私はこれで」

それを最後に有栖川は部屋を出ていこうとして――振り返り、

「……あのことを私が話したのは、貴方だけですから」

月のような柔らかい微笑《ほほえ》みを湛《たた》えて有栖川が囁《ささや》き、扉を閉じてしまった。

……それは反則だろう。引き留める言葉も浮かばない。胸に妙な感覚が残される。

だが、有栖川相手にそんなことはあり得ない。有栖川にもそんなつもりはないはずだ。

俺も勘違いをする気はないけれど……この感覚のまま二度寝は厳しい。

「……シャワー浴びてくるか」

■

「クソがァッ‼」

泰我《たいが》は苛立《いらだ》ちのままに腕を振るい、手近なコンクリートの壁へ拳を叩《たた》きつけた。レベルⅨの身体能力で繰り出されるそれは容易に壁を抉《えぐ》り、砕けた欠片《かけら》が四散する。壁には大穴が開き、隣の部屋と直通になってしまった。

それでも怒れる虎の激情は収まらない。

原因は先日行われた学院襲撃時の敗北。泰我は無様にも戦闘不能になって、目覚めたのは二日後だった。数日は身体《からだ》が動かず安静を余儀なくされて、泰我の精神は限界に達している。

強さこそ全ての傭兵稼業《ようへいかぎょう》で生きる泰我にとって敗北は死と同義だ。十代後半から世界各地の紛争地帯を駆け巡り幾多の修羅場を身一つで潜《くぐ》り抜けてきた泰我は、レベルⅨとしても破格の強さを手に入れた。いつしか『白虎《びゃっこ》』と呼ばれるようになり、強さに違《たが》わぬ自信を己の異能に寄せている。だが、今回の一件は人生最大の失態だった。

学院襲撃の大目標は達成したが泰我本人は一対一で敗北し、多数の人員を失う結果となった。それだけに留《とど》まらず、雇い主に助けられ生き延びたとなれば――築き上げてきた経歴とプライドが崩壊する。

舐《な》められたら終わりの世界。かつてない崖っぷちに立たされていた。そこへ、呆れた表情の賢一が顔を出す。

「あんまり暴れないでくれないかな。地下が崩落したら僕たちは生き埋めになって死んでしまう」

「チッ、ジジイか」

「まだ四十後半さ――っと、こんなことを話に来たのではない。君を負かしたのは僕の息子にして『異極者《ハイエンド》』、佐藤京介だ。巷《ちまた》では『暁鴉《ぎょうあ》』とも呼ばれているらしいじゃないか」

「『異極者《ハイエンド》』？　はっ、ハハハハハッ‼　そうか、そうだった‼」

泰我は突然、腹を抱えて笑い出した。

さっきまでの不機嫌はどこへやら、泰我の表情は愉悦を湛えている。学院で戦った男を思い出した泰我は生きている幸運を噛《か》みしめていた。

恥も外聞も関係ない。

泰我が最優先に望むのは、心躍る闘争。他のことは自分の行いで得た副産物に過ぎない。

そうだ、と傭兵稼業を始めた理由を思い出す。

「俺が生きてるのは何のためだ。強ぇヤツと戦うためだろ？　雑魚《ざこ》百匹をひき殺すよりも、猛者《もさ》一人を死力を賭《と》してぶっ殺すほうがクソ愉《たの》しい。それが『異極者《ハイエンド》』ともなれば、格別だ」

泰我は戦いだけを望んでいた。

異能強度レベルⅨ『白虎変化《シェイプシフト・ティガー》』——並大抵の人間には太刀打ちできない異能で、数々の戦場を蹂躙《じゅうりん》してきた。その末に、泰我は『白虎《びゃっこ》』と恐れられる流浪《るろう》の異能者として地位を築いた。

だが、そのどこにも『異極者《ハイエンド》』はいなかった。絶対強者の彼らは泰我のような傭兵に構う暇はない。

しかし、遂《つい》に泰我へ機会が回ってきたのだ。

自分の強さを証明するため。

さらなる高み——『異極者《ハイエンド》』へ至るために。

「君はレベルⅨだ。この国の『異極者《ハイエンド》』——『暁鴉《ぎょうあ》』や『地神《ティターン》』相手に勝ち目があると？」

「あァ？　んなもん知るかよ。俺はまだ雇われてる。それが答えなんじゃねぇのか？」

泰我の問いに、賢一は笑みを深くする。

「ああ、そうだね。僕は君に期待しているよ」

昏《くら》い笑顔で答えた賢一は部屋から去っていく。

その背を、泰我はじっと目で追っていた。


「全く、バカな男だ」

一人になった賢一は、闇に紛れてほくそえむ。確かに期待はしているが、手を出さないとは言っていない。

賢一は『皓王会』の協力者であって、泰我個人に対しての情はない。ならば、眠ったままの泰我に小細工をするくらいは当然といえる。

賢一は人体実験すら厭《いと》わない研究者。目の前に『異極者《ハイエンド》』一歩手前のレベルⅨが転がっていたら、改造したくなるのが研究者の性《さが》だ。

「それもこれも彼に感謝しなければ。代わりにつまらない物を作る羽目になったが、まあいい」

白衣のポケットに手を入れ、取り出した小瓶に入っているのは熟れた林檎《りんご》のように紅《あか》い錠剤──『禁忌の果実《アップル》』。

賢一を牢屋《ろうや》から秘密裏に釈放した人物に頼まれて作製した、異能強制増強剤だ。

『異極者《ハイエンド》』を超えた『超越者《イクシード》』を生み出そうとした賢一からすれば酷《ひど》くつまらない代物だが、『皓王会』には有用だ。

再び研究を始めるための資金源になるのはいいものの、だ。

「京介、美桜。君たちが恋しいよ」

賢一が想《おも》うは血の繋《つな》がった二人の子であり、自らが実験の材料として脳の異能領域に手を加えた被検体。

異能者はみな、脳の想像力を司《つかさど》ると考えられてる前頭葉に異能領域を持っている。その働きが活発であればあるほど、広ければ広いほど高度に異能を操る人間になるのだ。

賢一がしたのは異能領域の強引な拡張。薬物を用いて無意識にかけているリミッターを解除し、飛躍的に異能の質を向上。

結果、『重力権限《グラビティ・オーダー》』という『異極者《ハイエンド》』が生み出された。

だが、それでも賢一は止まらない。

「この世界を支配する最強の異能者――『超越者《イクシード》』を生み出すのは僕だ」

壊れた未知の探究者は、己《おの》が欲望を叶《かな》えるために全てを使う。

敵も仲間も、自分自身も。

この世の悉《ことごと》くは自分の実験材料だと主張するように。

探究心の赴くまま、実験を繰り返す。

高級中華店の個室で、二人の男性が向き合って座っていた。一人は小太りで髪の薄い男性。もう一人は学院の地下情報室に侵入していた長身痩軀《そうく》の優男。

彼らが密会を行うのは初めてではない。

先に口を開いたのは優男だった。

「じきに『異特』が攻め込んでくる頃合いでしょう」

「逐一彼らの動向は確認しているが、どうか油断はしないでくれたまえ。繫がりが露見すればまとめて牢屋行き。最悪の場合、死刑も考えられる」

「わかっていますよ、防衛大臣殿。賢一氏を秘密裏に釈放してやらせることが薬物開発とは、随分物騒なことを考えているらしい」

「口を慎みたまえよ、千《せん》殿。私は国を守るため、最善を尽くしているのだ」

次々と運ばれてくる中華料理を合間に食べながら、二人の会話は続く。

「これは実験も兼ねているのだよ。君たちはブツを売りさばくことで利益を得て、我々は手間を省くことができる。賢一氏も投資の一つさ」

「私たちとしても、とても役に立っていますよ。大義を示すのに——異能者が無能者を支配する世界を作るには都合がいい。見限る用意はしてあるのでしょうけれど、私たちも同じですし」

かつて、千は自身が持つ異能によって、孤独を強いられた。誰も彼には近づかず、関わりすら持とうとせずに蔑んだ。

それが、千の思想を歪《ゆが》ませた。

無能者は須《すべか》らく異能者に傅《かしず》くべきという異能者上位思想を掲げ、千は変わる。異能で他者を脅《おびや》かし、従え、裏の世界でのし上がった。

力を示すことで千は自らの存在を世界に知らしめ、偏った思想を広げていく。その先にあるのは、異能者にとって都合のいい世界。

正確には、強い異能者が有象無象を従える、千にとって都合のいい世界だ。

かつて自分を虐《しいた》げ、見下した者たちへ復讐《ふくしゅう》をするために。

「できるなら友好的な関係を築きたいのだがね。なにせ、我々は無関係なのだから」

「そうでしたね」

無言の微笑みを浮かべる千に小太りの男は鼻を鳴らすのみ。

世間的には二人が会合していた事実はない。政府関係者と非合法組織の者が密会していたとなれば批判は免《まぬが》れないだろう。薄氷の上に成り立っている関係は利害の一致ゆえに。

そして夜は更《ふ》けていく。

■

「――以上をもって、作戦概要の説明を終了する。夜遅くまで悪かったな。夜道に気を付けて帰るように」

『異特』の面々で行われていた会議が終わり、それぞれ席を立って帰路につく。

主な内容は作戦概要と、『皓王会』構成員のめぼしい者に関する情報共有。これらの情報源は捕縛していた『皓王会』構成員からだ。十束をはじめとした異能者が洗いざらい情報を絞り取り、警察機関と連携して精査を済ませたものになる。

俺が学院地下で戦った男――林道《りんどう》泰我や、『皓王会』を取り仕切る皓月《こうげつ》千、彼らに協力しているとみられる賢一の話が大半を占めていた。他にも異能者はいるものの、この三人以上に注意するべき存在はいない。

家からの迎えを待つ有栖川と別れ、俺と十束は一緒のタクシーに乗り、途中で十束を降ろしてから帰宅すると、時刻は深夜の一時を過ぎていた。

夕食を食べていなかったと認識した途端、腹の虫が小さく鳴き声をあげる。家の扉を開けてみれば、美桜は寝ているようで生活音が一つも聞こえてこなかった。

先にシャワーを浴びて着替え、作り置きされていた夕食をレンジで温める。

今日は唐揚げとサラダ、それと鍋の中に残っている味噌汁《みそしる》らしい。しっかりと味わって食べて使った食器を洗っていると、リビングのドアが開くのが視界の端に映り込む。

「あ、お兄。おかえり」

「ああ、ただいま。起こしちゃったか？」

「ううん。大丈夫」

ぽやぽやとしたまま返事を返す美桜。寝ぼけているのではなかろうか。覚束無《おぼつかな》い足取りでキッチンまでくると、コップに水を注いでコクコクと飲み始める。

「ご飯食べた？」

「ついさっき食べた。今日も美味《おい》しかった。いつもありがとう」

「えへへ。なんか真正面から言われると少しだけ気恥ずかしいね」

「そういうものか？」

「そういうものなんです」

うんうんと縦に首を振る美桜。髪を緩く束ねた姿も天使のようにかわいいな。眠気が吹き飛ぶ気がする。

「えっと、どうしてそんなに見られてるのかな」

「ん、ちょっと考え事をしていて」

「私との会話より大事なことって何？」

軽い応対が今は助かる。迷いにも踏ん切りがつきそうだ。

ゆっくりと空気を吸い込み、これまたゆっくりと吐く。

数度繰り返して緊張を身体《からだ》から追い出し、美桜と向き合って、

「──美桜。少し話があるんだ」

「それ、絶対に今じゃなきゃダメな話？」

「できれば今がいい」

「睡眠不足はお肌の大敵なんだよ？　可愛《かわい》い可愛い妹の美容を犠牲にするだけの価値があるの？」

「そこまで言われるとすげー引き止めにくいけど、頼む。決心が揺るがないうちに話したい」

「しょうがないにゃあ……」

なんか違う気がするけど、まあいい。

「テーブルで待っててくれ。ホットミルクでも作ってくる」

「うん。早くしないと寝ちゃうかもだからね」

「頑張って起きててもらっていいですかね」

「それはお兄の頑張りしだいです」

微笑《ほほえ》みを残して美桜はリビングのテーブルで待つことに。戻ったら寝ていたなんてことがないように手早く作る。マグカップに注いだ牛乳にはちみつを少々混ぜてレンチンするだけ。

温まったマグカップをテーブルに置いて、美桜の前に一つ差し出す。

普段は対面に座るところだけど、少し悩んで美桜の隣に座る。

「珍しいね、隣に座るなんて」

「そういう気分なんだ。嫌なら対面行くけど」

「卑屈なところはお兄らしいけど、このままで」

「その心は？」

「寄りかかって寝られる肩が隣にあったら安心するのです」

「寝落ちする気満々じゃないですか。結構大事な話をするのに」

「プロポーズはごめんだよ」

「ちげえよ」

こつん、とバカなことを言っている美桜の頭を小突く。いて、とわざとらしく声を出すも、目元は笑っていた。

出来立てのホットミルクに口をつけてから本題に入る。

「三日後……いや、もう二日後か。仕事に、賢一が関わってる」

「……っ」

美桜は予想もしていなかったのだろう。驚愕《きょうがく》の他にも怯《おび》えや憎悪《ぞうお》の色が窺《うかが》える。俺だってこんな表情は見たくないけど、今回の話をするなら避けては通れなかった。賢一の名前を出さないと美桜を説得できそうにない。

「力を使う必要があるかも、ってことを先に言っておきたかった」

このメンバーが後れを取るとは思えないが、何事にも番狂わせは存在する。

その時が来て覚悟ができていないという事態は極力避けるべきだ。

「美桜がアレを使ってほしくないのはわかってる。だけど、わかるだろ?」

嫌な感覚は、残念ながら当たる。ただの勘と切り捨てたくとも難しい。

俺ができるのは万全の準備を整えることだけ。

「どうしても、必要なの?」

「多分な」

あえての曖昧な返事。

「本当に、それはお兄がやらなきゃダメなの？」

美桜が俺の手首に手を重ね、再度問う。

仄《ほの》かな人肌の温《ぬく》もり。柔肌《やわはだ》と細い指先が存在を伝えてくれる。

横へ視線を流せば、今にも泣きだしそうな潤んだアーモンド色の瞳と交わった。

「お兄だけが背負うなんておかしい。それは、私のせいでもあるのに」

「美桜は自分がいなかったら俺がこんな力を持たずに済んだ……とか思ってるのか？」

「だって！　私はお兄のためになんにもできてない！」

美桜にしては珍しく荒げた声で何を言うかと思えば、そんなことか。

俺にとってはそんなことでも、美桜にしてみれば偽らざる本音というやつなのだろう。

「俺だって、美桜になんにもできちゃいない。異能は賢一の理想を押し付けられたものだし、兄としての威厳は皆無。超絶甘口採点でもルックスはフツメン以下、頭は平均、ダメ人間一歩手前な崖っぷちだぞ？　自分で手にしたものなんて一つもない」

「そんなことない！　私が寂しくないようにいつも一緒にいてくれた！　無理を言っても笑って許してくれた！　ほかにもいっぱい、いっぱい。私は……お兄に、守られてる」

「それを言うなら、俺だって負けないぞ？　疲れてシャワーも浴びずに寝落ちした俺をちゃんと起こしてくれるし、いつもほっぺたが落ちるくらい美味しい料理を作ってくれる。

服も似合うやつを買ってきてくれるし、出かけるとなればコーディネートまでしてくれる。至れり尽くせり過ぎて文句なんて出てこないって」

どれもこれも、俺にはできないことだ。同時に、日常で生きていることを認識させてくれる要素でもある。

「要は適材適所ってやつだよ。そこに優劣はないし、そもそも兄妹《きょうだい》って支えあうものだろ？　俺が支えられてる比重が大きい気がするけど、うん」

「なにそれ。全然、わかんないよ」

美桜は顔を伏せて首を横に振る。

そんな美桜の頬に手を当てて、僅かに上を向かせた。

「じゃあ、簡単にいこう。いつもありがとう、美桜。俺が壊れてないのは、美桜がいてくれるからだ。これでいいか？　結構恥ずかしいんだけど」

片手で頭を撫《な》でながら、素面《しらふ》で口にするには躊躇《ためら》われる想《おも》いを言葉へ変える。

「う」

「これでも足りないなら、愛の告白でもしたほうがいいか……」

「っ、ちがっ、その――」

突然動き出した美桜の頭から手が離れ、再び俯《うつむ》いてしまう。髪の隙間から覗《のぞ》く肌はさっきよりも赤い色。

「別に嫌とか嫌いとかじゃなくて……その、嬉《うれ》し恥ずかしといいますか。愛を再確認といいますか」

顔を両手で隠しながらぶつぶつと小声で繰り返す。

単に恥ずかしいだけらしい。本気で拒絶されていたらどうしようかと思った。

復帰した美桜は真剣な表情で俺を見て、

「わかった。そこまで言われたら、信じないわけにはいかないよね。だけど、一つだけ約束。絶対に無理はしない。必ず帰ってくるって」

「当然。信じてくれよ。世界最強の兄を」

「信じて飛び切り美味しいご飯を作って待ってるよ」

笑って、指切りをした。

小指の繋《つな》がりが示す先が、俺が戻る日常だ。

だから恐れず戦える。

「今更だけど、自分で世界最強っていう気分はどうなの？　正直、聞いてて痛々しいよ。厨《ちゅう》二《に》病《びょう》？」

「薄々感じてた現実突き付けるのやめない⁉」

case.5
超越者《イクシード》

The Raven & The Lady

The strongest problem buddy in the world
of special abilities

鴉 と 令 嬢

作戦当日。

金曜日の夜。闇に落ちた街並みの一角で、決行の時間を待っていた。路地の角から顔をのぞかせて『皓王会《はくおうかい》』本拠地の屋敷を裏手から窺う。

相当に大きな屋敷だ。最近になって改築を重ねていて、内部は忍者屋敷のように複雑な構造になっているらしい。地下もあるとのことだが、詳しくは調べられなかった。恐らくそこで賢一《けんいち》による研究や薬品の製造を行っているのだろう。

今のところは人が出入りする様子もなく静寂に包まれている。

嵐の前の静けさか、ここまで何事もないと逆に不安を煽《あお》られるようだ。

周囲は既に警察が厳戒態勢を敷いている。鼠《ねずみ》一匹たりとも逃げられない。

作戦上、『異特《いとく》』メンバーで裏を押さえるのは俺一人。広範囲に影響を及ぼせる異能だからと配置された。下手に仲間が近くにいると制御が複雑になるのでありがたい。

「俺の役目は裏手から逃げようとするやつの処理と、『白虎《びゃっこ》』の相手。中々面倒な役だな、これ」

仕方ないと理解していても、深いため息が漏れ出る。誰が戦闘バカと戦うことを喜べるか。俺の中の本命は別だというのに。私怨《しえん》を仕事に持ち込むのはよくないとわかっていながらも、つい考えてしまう。

幸い、賢一を対処するのは地祇《ちぎ》さんだ。あの人が取り逃がすとは思えない。

『時間だ。2200《フタフタマルマル》、これより作戦を決行する。もし自分の命が危険にさらされるような状況になった場合、躊躇うな。責任は俺がとる』

インカムから響いた地祇さんの言葉。あえてぼかした部分は、誰もが理解している。

窮鼠《きゅうそ》猫を噛《か》む、なんてことわざもあるくらいだ。最後まで油断せずにいこう。

『異極者《ハイエンド》』も人間。

不死身でも、全能の存在でもない。

『正面と側面が先行する。京介《きょうすけ》は時間をおいて裏から侵入してくれ』

『了解。皆さん、気をつけて』

応答の後にインカムによる通信が切れる。

ほぼ同時に屋敷の正門側が騒がしくなった。まだ裏手に動きはない。俺も準備を整えて、

「さて、行くか」

重力を反転させて浮遊し、塀を越えて屋敷へと侵入。屋敷の中へ繋がる鍵付きの扉を圧《お》し潰して破壊し中へ。注意は完全に他の面々へ向いているようだ。

役割は『白虎《びゃっこ》』の処理。だが、その前に逃げてくる人を押さえなければならない。

しばらく待っていると、どたばたと不規則な足音が響いてきた。

「逃げろ！　追ってくるぞ‼」

「よう」

「っ⁉」

気さくに手を掲げて、異能を発動。

通路の壁側へ重力を発生させ、一人残らず壁にめり込ませた。抵抗も、『禁忌の果実《アップル》』も使わせはしない。意識を奪った構成員たちを床に転がしたまま、再び来るのを待つ。

数分おきに同じことを繰り返し、人の流れがある程度止まった頃。

「おうおう、いるじゃねえか。待ちくたびれたぜェ、『暁鴉《ぎょうあ》』ァ？」

そんな声が、薄暗い通路の奥から響いてきた。

首をパキパキと鳴らしながら悠々と歩く大男――林道泰我《りんどうたいが》の眼《め》には隠しきれない殺意が宿っている。幸か不幸か、やつの方からこっちへ来てくれたらしい。

素早くインカムで連絡を入れる。

『こちら京介。『白虎《びゃっこ》』と遭遇しました。戦闘行動に移ります』

『了解。逃げてくるやつは余裕がなければ素通りさせても構わん。包囲している警察に任せればいい』

『わかりました。では』

返事を最後に『白虎《びゃっこ》』と向き合う。

「俺はよォ、ずっと楽しみにしてたんだぜェ？　なんたって『異極者《ハイエンド》』、そう簡単に殺《や》り合える機会なんざそうそうねェ」

「お前みたいな戦闘狂に絡《から》まれる身にもなってくれ。仕事じゃなけりゃお断りだ」

「つれねェこと言うなよ。ほら、構えろ。さっさと殺ろうぜ。こっちはもう——」

泰我は腰を落とし、両手を床につく。盛り上がった肉体が服を破り、傷痕だらけの上半身が露《あら》わになる。分厚い胸板、丸太のように太い腕。一分の隙もなく鍛え抜かれた肉体。獣の如《ごと》き殺気と闘気を纏《まと》って、

「——我慢できそうにねェんだ」

「ッ」

呟《つぶや》きを置き去りにして、瞬《また》いた視界を剛腕が薙《な》ぐ。脊髄反射のスウェー。紙一重で逸《そ》れた頭のすぐ横を腕が通過し、壁を豆腐のようにぶち抜いた。

舞う瓦礫《がれき》の雨と土埃《つちぼこり》を地に落として視界を確保。追撃の回し蹴りを『隔壁《ホライゾン》』で防ぎ、『反重力《アンチ・グラビティ》』で後方へ弾《はじ》く。

どれだけ強くとも世界の法則には抗《あらが》えず、巨体が通路の奥へと引っ張られ、

「はッツ‼」

泰我は床板へ両腕を突き刺して無理やり場に留《とど》まる。一条《すじ》のラインが刻まれた床はもう使い物にならないだろう。

確かに異能強度的には怪我《けが》なんてしないだろうけど無茶苦茶だろコイツ。頭のネジがダース単位で飛んでるとしか思えない。

少しの猶予の中で穴から外に出ることを選択。走って出た先は屋敷の外に広がる庭。鯉《こい》が泳ぐ池まである満月の下へ戦場を移す。

『変身系《メタモル》』のレベルⅨ――『白虎《びゃっこ》』を相手にするなら直線の通路だろうが広い庭だろうが大した差はない。さっきの一撃でわかるように壁なんて意味をなさないのだから。瓦礫で視界が塞がれて手痛い攻撃を貰《もら》わないとも限らない。

それならば互いが自由に動ける外の方がマシだ。

「逃げんじゃねぇよ」

「逃げちゃいないさ。ここの方が都合がいい」

「そいつァ俺も同じだ。ツイてることに、今日は満月だからなァ」

にい、と口の端を歪《ゆが》めて嗤《わら》う。

「手加減なんざ期待すんじゃねえぞッ‼」

傲岸不遜に宣言した直後、泰我の身体《からだ》に更なる変化が訪れる。

ぐぐ、と背が猫のように曲がり、白色の体毛が屈強な身体を覆い隠す。足がブーツを突き破り、四足で芝生を踏みしめる。骨格までも人間のそれからは遠ざかり、大口を開けて夜空へ咆哮《ほうこう》を放つ。

その姿は、泰我につけられた二つ名――『白虎《びゃっこ》』と相違ない威容。

「おいおい。こんなの聞いてないっての」

思わず頬が引き攣《つ》る。

泰我の異能に関しても事前に報告が上がっていたが、全身を変化させて虎になる、なんてものはなかった。データにも残っていないほど使う機会がない奥の手ってことか？

「アア、ひさビさのへんゲだぜェ。ちとコエがカわっちマウのはがマんシテくれや」

「この光景をネットに上げたらバズりそうだな。喋《しゃべ》る虎なんて世界中探しても相当珍しいって。動物園のほうがお似合いだ」

「こいツァまんげツのヒシカつかえネェんダ」

大口を開けて呵々《かか》と笑う泰我。

絵面《えづら》がシュールすぎて吹き出しそうになるから黙っててほしい。

「さア、もっトコロシアいをタノしモウぜェ？」

虎が、獰猛《どうもう》に嗤った。

「ああアアああアァァあアッ‼」

濁った雄たけびを上げながら、虎の右腕が振るわれた。すさまじい速度と膂力《りょりょく》が乗った一撃を食《く》らうわけにはいかない。一瞬で軌道を見極め、攻撃範囲から退く。

刹那の後に地面へ腕が叩《たた》きつけられ、豪快な土柱が月夜へ上がる。土色のカーテンによって互いの動向が不確定になり、

「か、はっ」

その中ほどを切り裂いて、狙いすました後ろ足の薙ぎ払いが俺の腹を捉えた。吐き出された浅い息と赤の混じった唾液。

蹲《うずくま》るような体勢で吹き飛ばされ漆喰《しっくい》の外壁へ激しく背を打ち付ける寸前、身体と壁の間に重力でクッションを生み出し受け身をとる。

前を見据えれば鋭く尖《とが》った鉤爪《かぎづめ》が迫っていた。追撃を予想し『隔壁《ホライゾン》』を展開。ガガガガガッ‼と掘削機の如き音色が響く。

拮抗《きっこう》している間に浮遊して場を離れ、乱れた呼吸を整える。地上で虎が怒りを示すように唸《うな》っているが無視。流石《さすが》に空までは上がってこれないはず。

「痛ってえ、なんだよあの馬鹿力。吐きそうなんだけど。やっぱり肉体の性能はあっちのほうが上か。さっきのは……嗅覚か。目が見えなくても無関係ってことね」

一連の流れを思い返しながら即興で推測を立てる。やつにとって視界は世界を認識する手立ての一つでしかないのだろう。

そんな思考の最中、虎が妙な動きをしていた。

距離をとった虎が空中に浮かぶ俺をじっと見つめ、全身を連動させながら駆け出し、

「やば」

意図を察した俺は急いで高度を上げる。だが、それよりも早く虎は地面を蹴り上げ、月に向かって跳躍した。

大きく開いた顎。生えそろった剝《む》き出しの白い牙は透明な唾液に濡《ぬ》れていた。遂《つい》に俺へ届く虎の脅威。

食われる気は毛頭なく、身体を後方へ引っ張っての緊急回避で難を逃れた。

ガチンッ‼　音を立てて閉ざされた牙。僅かでも遅れていれば腹を抉《えぐ》られていてもおかしくなかった。

見開かれた双眸《そうぼう》には「次はない」と言いたげな気配が宿っている。

空にとどまる翼のない虎は地球の重力に引かれて落下していく。その隙を逃す手はない。

「『過重力《ハイ・プレッシャー》』」

手のひらを翳《かざ》し、さらに重力の枷《かせ》を嵌《は》めていく。方向性は虎を中心に向かうように。地

に落とすため、頭上からの過重は強めている。

抵抗する術《すべ》を持たない虎は狙い通りに墜落し、地面に大きなクレーターを生み出した。

俺も高度を少しずつ下げながら地上へ着地する。飛行制御は精密な操作を要求されるため、ほかの異能を使う時には威力が犠牲になってしまう。その状態でも倒せるならよかったのだが、そこまで甘い相手ではないはずだ。

現にまだ動いている。

生きている。

「いテえなァ。くちンなカにつちハいッチまったジャねえカ」

のそりと緩慢な動作で虎が起き上がり、土に塗《まみ》れた巨体を震わせる。

その目は高揚感に満ちていた。

「大して効いてないくせによく言う。次は手足の一本や二本は覚悟してもらうぞ」

「やってミろやッッ‼」

咆哮。

クレーターの中央、大地を四本の足で力強く踏み抜いて虎が疾駆する。

急な斜面を一息に駆け上がり、満月を背に宙へ跳ぶ。大きな影が俺の頭上に覆い被《かぶ》さった。慣性に従って放物線を描く虎が両前足を振りかぶり、

「らあアあアあぁアァッ‼」

「──っ！」

咄嗟《とっさ》に展開した『隔壁《ホライゾン》』と鉤爪がぶつかり合う。俺を守る半透明の黒い壁が甲高い悲鳴を上げる。

「ちっ」

力の均衡が傾いた。壁を爪がわずかに貫通している。

にい、と虎の口の端が奇妙に歪んだ。

防御ばかりにリソースを割いていては倒せない。やるなら攻防一体だ。判断にコンマ数秒を費やし、虎から外側へ重力場を展開。

爪に壁が破られる瞬間を見極め──今っ！

「アあっ⁉」

虎の巨体が空中に縫い付けられた。藻掻《もが》く虎の爪は俺へと届く前にひっこめられる。

外側に指向性を持たせているのは万が一にも殺さないためだ。内側に向ければ圧《お》し潰された鉄くずのようになる。こいつの場合は強靱《きょうじん》なフィジカルで耐える気がするが、それはそれ。

殺すだけならいくらでもやりようはある。だが、今回の目的はあくまで確保。そうでなかったとしても心情的にも殺したくない。

　手を伸ばせば届くような距離感で、

「悪いな。確かにお前は強いよ。今のを突破したのは『異極者《ハイエンド》』以外じゃあんたが初めてだ。誇っていい」

　その言葉への返答は天を劈《つんざ》く咆哮。

　人間としての理性が蒸発しかねないほどに怒りを覚えているのか、眼《め》は紅《あか》く血走っている。

　獲物を前にした虎の口から絶えず唾液が滴《したた》り、落ちた。

「だからこそわかるだろ？　まだ、足りない」

　無慈悲に感じたままを伝える。

『隔壁《ホライゾン》』は結果として破られたが、防御をそれだけに固執する必要はどこにもない。現に、虎の手は俺へ届かないのだから。

　レベルⅨとレベルⅩ《ハイエンド》。

　たった一つの違いは、この上なく残酷だ。

「ざッケんナ」

　漏れ出した怒りの声。ぐるる、と唸る虎の存在感が増した。

ごきゅ、ごきゅと動物の身体から鳴ってはいけない音が耳に届く。音に乗じて虎の体軀《たいく》が一段と肥大化する。

背筋を薄ら寒いものが駆け上がった。肌が否応《いやおう》なくひりつく感覚。例えば密林で飢えた猛獣に出くわしたかのような、焦燥感。

そんな、人間の本能へ訴えかける野生の殺気だ。

「オレはなァ、おまエにかつたメにココにいんダよ。そノためナラなあ、なニをうしナッテもおしクはネェッ‼」

月夜へ捧《ささ》げられた虎の誓い。

自分のすべてを懸けて、こいつは俺を殺しに来るのだ。

ぶちぶちと筋繊維が千切れるのも厭《いと》わずに、『白虎《びゃっこ》』は重力場から遂に抜け出した。四足で着地し、皮膚が裂けて血まみれとなった身体のまま、再度向き合った。

正気と狂気に揺れる眼。相当な激痛のはずなのに、おくびにも出さないのは流石というべきか。尋常ではない胆力だ。

だが、それよりも。

纏《まと》う雰囲気が濃くなった。

「……今じゃなくてもいいだろうが。ご都合主義の主人公かっての」

思わずどうしようもない愚痴を半笑いで呟《つぶや》いた。

知らず知らずのうちに冷汗が額を伝う。

俺の目の前に立ちふさがる『白虎《びゃっこ》』は、自分の意志で破ったのだ。

「まだまだ、愉《たの》しい闘いを終わらせはしねぇよ」

『異極者《ハイエンド》』へ繋《つな》がる壁を。

■

『異極者《ハイエンド》』へ至るための条件は明確になっていない。

曰《いわ》く、危機的状況に晒《さら》されたときに眠れる力が覚醒するとか。

曰く、成長限界へ達したレベルⅨはいずれ『異極者《ハイエンド》』まで上り詰めるとか。

根拠の不明瞭な学説は数多く存在する。

だが、あえて言うのであれば、本人の意志が最も重要な要因になっていると俺は考える。

■

「いくぜ」

「んなっ⁉」

流暢《りゅうちょう》な呟きを置き去りにして、コマ送り同然の速度で『白虎《びゃっこ》』が視界を埋め尽くす。思わぬ速度の上昇に反応が遅れてしまう。

気づけば、『白虎《びゃっこ》』が最も得意とする近接距離《クロスレンジ》へ潜り込まれていた。『白虎《びゃっこ》』は後ろの二足で器用に巨躯を支えながら、左右の前足で殴打《おうだ》を繰りだした。風を切る剛腕へ『隔壁《ホライゾン》』をぶつけるも、ガラスでも壊すかのような気軽さで砕け散る。『異極者《ハイエンド》』に至った『白虎《びゃっこ》』相手には焼け石に水らしい。

予想だけはしていたため瞬時に回避に専念するも、速度も膂力も『白虎《びゃっこ》』のほうが上回っている。やがて限界に達し、一撃が肩を掠《かす》めたところで後方へ跳び、発生させた重力に身体《からだ》を引っ張らせて距離を強引に開く。

追撃を警戒して、『白虎《びゃっこ》』の後方に重力場を展開。形のない力なら簡単には抜け出せない。

鬱陶しそうに唸りながら強引に詰め寄る『白虎《びゃっこ》』の姿に苦笑しながら、生まれた僅かな間隙《かんげき》でため込んだ息を吐いた。

「呆《あき》れたパワーだな。どうすんだよこれ」

『白虎変化《シェイプシフト・ティガー》』は『変身系《メタモル》』、物理的な力比べでは同格になった『白虎《びゃっこ》』に軍配が上がる。実体のあるものでは太刀打ちできない。非実体の力で制するしかなさそうだ。

だが、『異極者《ハイエンド》』にも通用する異能となれば、運悪く殺してしまう危険も伴ってくる。これまでが手加減などと口が裂けても言わないが、可能な限り人死には避けたい。妙に敏《さと》い美桜《みお》が気にするからな。

「なにつまんねェこと考えてやがる。俺との殺し合いはそんなにつまんねェかァ？」

「殺し合いに楽しさなんざ見いだせないし、死んでもごめんだ」

「腰抜けが。その甘さが命取りにならねェといいなァッ‼」

足の腱《けん》が切れるのも構わず、『白虎《びゃっこ》』は重力の檻《おり》から抜け出した。離れるほどに力は弱まるとはいえ、予想よりもずっと早い。

挙動を見極め、節々を狙っての力場形成。過重でバランスが崩れ、虎の身体が前につんのめり、

「しゃらくせえっ‼」

慣性に従っての一回転。

後ろ足が俺を叩《たた》き潰すように迫る。急な挙動にも拘《かか》わらず狙いは正確だった。

斜め方向に重力の流れを作りつつ、少しでも妨げるために上方へ向けての力場を設置。

一瞬でもできる小細工だ。効果は絶大で、左隣へ超威力の蹴りが炸裂《さくれつ》する。

飛び散る土煙を押さえつけて視界を確保し、満を持して前に出た。

まだ『白虎《びゃっこ》』に立ち直る気配はない。完全には力に適応していないのだろう。隙だらけの側面へ回り込み、豊かな白い体毛に覆われた身体へ手のひらをあてがい、

「吹き飛べッ！」

手のひらと『白虎《びゃっこ》』との間に強力な『反重力《アンチ・グラビティ》』を生み出す。

巨体がくの字に折れて宙を滑空。そのまま屋敷へ激突し、砕けたガラス片や瓦礫《がれき》が『白虎《びゃっこ》』に降り積もる。

手応えはあった。内臓にダメージが通っていればいいが、どうだろうか。最低でも時間稼ぎにはなる。

『異極者《ハイエンド》』としての力を使いこなせていない間に仕留めないと。

その場で手を翳《かざ》し、異能を行使する。

狙いは足の関節。厄介極まる機動力を奪うためだ。

「うぐぁッ⁉」

瞬間、鈍い多重奏と濁った声が響いた。一点集中の重力で関節を粉々に砕いたのだ、無理もない。どれだけ肉体強度が高くとも傷つけば痛いし血も出る。無茶苦茶な動きは封じたとみていいだろう。

しかし、

「……おもしれェ。そうこなくちゃなァ」

失われない戦意を滲《にじ》ませながら、『白虎《びゃっこ》』は瓦礫の山から緩慢な動作で起き上がった。

痛み自体はあるようだが、鋼のような精神力で耐え忍んでいるようだ。

本当に、そこまでして戦う理由は理解できそうにない。

「そろそろ諦めてくれよ。もう立ってるのも限界だろ」

「こんなの屁《へ》でもねえェさ。じきに治る。クソ痛ェよりも、今、ここでお前と戦えねェことのほうがクソだ」

「男に好かれても嬉《うれ》しくねえ。美少女になって出直してくれ」

げんなりと返事をして異能をおこす。あの生命力では自己再生もされかねない。

『異極者《ハイエンド》』になった『白虎《びゃっこ》』の異能は未知数。考えられる可能性にはきりがない。だからこそ、負傷している間に仕留める。

『白虎《びゃっこ》』は前傾になって溜《た》めをつくり、爆音と同時に姿が掻《か》き消える。

暗い月夜に迸《ほとばし》る純白の軌跡。空を流星のように駆け廻《めぐ》り、俺を目がけて一直線の突貫。

小細工なしの力業、間違いなく全身全霊の一撃だ。

それでも、俺は負けられない。

「『壊界《ワールドエンド》』」

周囲数メートルの世界が、大きく歪《ゆが》む。世界の法則を書き換えた致死の重力世界に、『白虎《びゃっこ》』は躊躇《ためら》わずに突っ込んできた。

その一歩が深く地面へ埋まる。強烈な過重で足が加速し、間抜けな音で大地を抉《えぐ》った。背は大きく上方へ引っ張られ、皮膚と肉が面白いくらいに伸びている。身体中が凹《へこ》んだり、逆に伸びきって根元から千切れそうになりながらも、『白虎《びゃっこ》』は次の一歩を踏み出す。

数ミリ単位で重力方向と強さが変わる『壊界《ワールドエンド》』で影響を受けないのは俺だけ。普通はここに入っただけで死は免《まぬが》れない世界なのに、こいつは気絶すらすることなく俺を殺すためだけに突き進む。

速度は随分と殺した。回避は容易だが、このまま終わりにさせてもらおう。

「お前は確かに強かった。でも、相手が悪かったな。世界の重さを背負った俺は、上がりたての『異極者《ハイエンド》』に負けるほど軽くない」

『壊界《ワールドエンド》』を圧縮し、内部の重力倍率を引き上げる。

「――ッ⁉」

声のない叫びと共に『白虎《びゃっこ》』の四肢がぐちゃりと押し潰れた。骨が粉々に砕け、裂け目から血肉が外へ出ようと重力世界を必死に藻掻《もが》く。続いて眼球が生卵のように潰れ、ぽっかりと空いた眼孔が大量の血に濡《ぬ》れる。頭蓋骨にもひびが入っているはずだ。

『白虎《びゃっこ》』の肉体性能をものともせず与えた重傷。激痛が意識を強制的にシャットダウンさせたのか、口を大きく開けたまま力なく肢体が地に落ちた。

無事な左目に理性の光はなく、完全に沈黙したのを確認して『壊界《ワールドエンド》』を解除する。本人の異能強度のお陰で死にはしないはずだ。

ふっ、と肩にかかっていた重さが取り除かれ、重力の理《ことわり》が世界へ復帰した。

「手間かけさせやがって」

徐々に人間へと姿を戻していく『白虎《びゃっこ》』へ近づいて、異能絶縁の手錠をかける。これで後詰めの警察に任せておけばいいだろう。

「こちら京介、『白虎《びゃっこ》』を確保しました。他の状況は――」

だが、返事はいつまで経《た》ってもなかった。手が離せないか、あるいは……いや、心配は無用だろう。そう思っていた矢先だった。

『――十束《とつか》ですッ！　誰か、応援を求めます！』

そんな、切羽詰まった声が聞こえたのは。

■

一方その頃。

屋敷に正面から突入した地祇尊《みこと》は、重い息を吐いた。

敵の数が多く、『禁忌の果実《アップル》』を使った者は理性のタガを外して襲ってくるものだから、精神的な消耗が激しい。力量に歴然の差があったとしても、剝《む》き出しの感情で振るわれれば多少なりとも堪《こた》えるのが人間の性《さが》。

「粗方片付いたか」

畳が敷き詰められた広間には、土色の卵が乱立している。

それは尊が異能で作り出した即席の檻。

『異極者《ハイエンド》』——地祇尊の異能は『大地操者《グランド・プレイ》』。『物質系《マテリアル》』に属する、ありふれたもの。しかし、『異極者《ハイエンド》』へ至った尊のそれは、常軌を逸した強度と精密性を誇る。

ミサイルすら余裕で耐え抜く強度を誇る石で作られた殻が包むのは、暴走した敵の構成員。窒息死しないよう空気孔がてっぺんに空いている。そこから響く叫び声を耳にしながらも、尊は腕を組んで思考に耽《ふけ》る。

個性豊かな『異特』の面々を従える『異極者《ハイエンド》』のスルースキルは伊達《だて》ではない。

敬意と畏怖によってつけられた尊の異名は『地神《ティターン》』……ギリシャ神話に登場する巨人の名であった。

じっくり数秒の思考を経て、

こうも広いと虱潰《しらみつぶ》しに捜すのは一苦労だ。いつかは見つかるだろうが、いつになるかはわからない。他の人員が接触したり予期せぬ手段で逃亡される可能性もある。

「賢一を捜そう」

長い廊下、茶の間、広間などを通り抜け、ついでに石の卵が増えたりして。『異特』の面々と遭遇しなかったのは、時計回りに屋敷を回るよう事前に打ち合わせしていたから。

捜索を開始してから約五分後。

『こちら京介。『白虎《びゃっこ》』と遭遇しました。戦闘行動に移ります』

『了解。逃げてくるやつは余裕がなければ素通りさせても構わん。包囲している警察に任せればいい』

『わかりました。では』

京介とインカムでの連絡が切れてすぐに、

「おや。久しぶりだね、地祇尊」

突如として背後からかかった声。尊をして全く気配を感じさせない声につられて振り返ると、白衣を羽織った男が佇《たたず》んでいた。

「日本が誇る『異極者《ハイエンド》』――『地神《ティターン》』が直々に僕のところへ来てくれるとは驚きだよ。忘れはしないさ。僕からすべてを奪った君は、ね」

「貴様が言えた義理ではないだろう。京介と妹君の健やかな未来を奪ったのは、ほかでもない貴様だ」

恨み言の応酬。かつて賢一を逮捕したのは尊だったため、二人の間には少なくない確執がある。加えて親を失った京介と美桜を保護し、しばらく面倒をみたのも尊だった。

「俺はお前を親とは認めない」

「認められずとも親は親さ。血の繋《つな》がりが証明してくれる」

「そこまで理解していて自分の子供を人体実験に使うなど狂っている。探究心に憑《と》りつかれた亡霊め。貴様には冷たい牢屋《ろうや》がお似合いだ」

尊は珍しく強い口調で吐き捨てた。

賢一は『異極者《ハイエンド》』を超える存在の幻想を追い求め、倫理を捨て去った『超越者創造計画《イクシード・プロジェクト》』を始動。犠牲になった人は数知れず、年間の行方不明者にも被害者がいると目されていた。

「研究は僕の生きがいさ。人間は面白い生き物だよ？　解剖して脳をいじらないなんて損だ」

「理由はどうあれ、人倫に反する行いが許されるわけがないだろう」

「僕は自分の頭も弄《いじ》っていたさ。手術は無理だから薬とかがメインだったけれどね」

ははは、と笑って賢一は答えた。

構うだけ無駄だと舌を打ち、尊が構える。自分がするべきは佐藤《さとう》賢一の確保。特筆するべきはその頭脳だが、異能はない。

であれば作業と変わらないはずなのに、嫌な予感が拭えなかった。

(この余裕はなんだ？　隠し玉でもあるのか、あるいは)

尊の推測は止まらない。長年の経験で得た勘が、賢一は自分を脅《おびや》かす存在だと訴えていた。

『異極者《ハイエンド》』に普通の武器はおろか、戦略兵器すら効果は薄い。そんなこと賢一は当然知っているだろう。

なら、わざわざ最高戦力に等しい尊の前に姿を現した理由は？

「来ないのか？　なら、僕からいこう」

にやけ顔で宣言し、賢一は両手を白衣のポケットへ入れる。

尊は賢一を注視したまま備え――身の毛もよだつ悪寒《おかん》に従って咄嗟《とっさ》に後ろへ跳躍した。

数瞬遅れて尊がいた胸元くらいの位置から、カランッと軽い音をたてて手術用のメスが床へ転がる。「ほう」と賢一は口の端を上げた。

「流石《さすが》にいい勘をしている」

「……『物体転移《アポート》』？　情報操作が行われていたか。掃除の必要があるらしい」

「頭を弄った甲斐《かい》があった。便利な道具さ、これは。体内に直接異物が入り込めば『異極者《ハイエンド》』とて無事では済まない。僕のように非力な人間でも化物を殺せる」

レベルに比例して肉体強度も向上するとはいえ、体内は別だ。厳密にいえば普通の人間より丈夫ではあるものの、人体構造は変わらない。心臓などの急所は弱点として機能する。

「僕が望むのは『異極者《ハイエンド》』なんて不完全ではなく、完全無欠の異能者だ。地祇尊、君ならばさぞいい被検体となってくれるだろう」

「やはりお前は見過ごせない。俺が責任をもって止めよう。これでも『異極者《ハイエンド》』の一人だからな。優秀な後輩に面目が立たん」

両足を前後に開き、左拳を前に出して構えをとる。

それは紛れもなく戦う意思の表れ。

「地の怒り、思い知れ――『地隆監獄《グランドプリズン》』」

尊は右足を踏み出すと同時に異能を発動。賢一の足元が小刻みに揺れ、床板を突き破って土の柵がせりあがる。土の柵は瞬《また》く間に賢一の周囲を囲んで退路を塞いだ。

尊が距離を詰め、賢一の顔面めがけて大きく振りかぶった拳を突き出す。土の柵を尊の拳が通過して顔へ届き、

「残念だよ、尊君」

嘲笑を交えた声は遥《はる》か後方から。拳は空を切る。

土の柵に囚《とら》われていた賢一は、一瞬のうちに尊の背後へ移動……『転移《テレポート》』していた。

尊は小さく舌打ち、振り返りながら土の柵を消す。

「本当に『転移《テレポート》』の異能らしいな」

「君たちに比べればレベルは劣るが、十分に便利なものさ」

「逃げ回るのには確かに都合がよさそうだ。それで脱獄でもしたのか？」

「いいや。僕ほどの頭脳があれば引く手は数多《あまた》ということだよ。合法非合法、そんなことを些末《さまつ》だと切り捨てる人間は意外と多い」

含みのある笑みを浮かべながら、白衣のポケットに手を入れる。尊は何かを察知して二歩ほど後方に下がった。

「これも躱《かわ》すか。レーダーでも搭載しているのか」

賢一の視線はさっきまで尊が立っていた床を貫通している銀色のメスへ。

「お前が物体を『転移《テレポート》』させるには、直接触れている必要がある。そして、そこまで範囲は広くない。違うか」

「正解だ。経験の差は埋めがたいな」

賢一の『転移《テレポート》』は指定した座標に自身や接触している物を直接転移《テレポート》させる異能だ。その特性故に何かがある場所に物を転移《テレポート》させると、転移《テレポート》が優先されて貫通する。

心臓や脳を破壊すれば必殺。

普通の人ではここまで精密な制御は難しい。座標の指定で転移《テレポート》するため、本人に高度な演算能力が求められる。それを使いこなせているのは賢一が類い稀《まれ》な頭脳を持ち合わせていたからに他ならない。

賢一の『転移《テレポート》』はレベルという指標が当てはまらない凶悪な異能へと変貌していた。

「これは分が悪いな。伽々里《かがり》がいれば状況も変わるだろうが」

インカムは電波障害でノイズがなるばかりで、繋がったままの『念話《テレパス》』も理由は不明だが応答がない。他でも何かがあったのだろうと推測する。

援軍は望めない。

だから、なんだというのか。

地祇尊も『異極者《ハイエンド》』の一人。

「場を整えよう。四方が塞がったままではやりにくい」

すう、と息を吸い込み、軽快に踵《かかと》を二度鳴らす。尊を中心として床の下から土の棘《とげ》がタケノコのように生え、部屋の隅々まで広がっていく。

床が捲《めく》れ、天井を突き破り、粉塵《ふんじん》をまき散らしながらの豪快なリフォーム。

　賢一は巻き込まれては敵《かな》わないと転移《テレポート》で外へと離脱。

「少々やりすぎな気もするが」

「『転移《テレポート》』の異能者相手に見晴らしを良くしてよかったのか？」

「お前の『転移《テレポート》』は何かしらの制限があるだろう？　時間にしろ距離にしろ。であれば、俺はその隙を突けばいい」

「手堅いな。異能強度に劣る僕が君に追われれば逃げられない。見本のような詰めだ」

　他人事《ひとごと》のように賢一は尊へ拍手を送る。自分の不利を理解できない賢一ではない。裏があるとみて尊は警戒を強める。

『転移《テレポート》』の異能、明晰《めいせき》な頭脳。広い地形の活用法。『禁忌の果実《アップル》』を使うのかどうか。番狂わせが生じるならそこだ。

「まあいい。話なら独房で飽きるくらい聞いてやる」

　大岩の弾丸を複数生成し、賢一へ時間差をつけて射出する。賢一は『転移《テレポート》』で一度は難を逃れるものの、それを逃す尊ではない。

　続けざまに更地となった地面を蹴る。地震のように揺れが起こり、賢一を取り囲む土壁がせりあがった。二メートルほどまで高さを伸ばしてから、天井が半球状になり蓋が閉まる。完全に密閉された土の棺《ひつぎ》を転がった大岩が轢《ひ》く。

無残に土壁が破壊されるも、そこに賢一の姿はない。

「危ないじゃないか。僕でなければ今頃ぺしゃんこだよ。ああ、白衣も汚れてしまった。白に汚れは目立つなあ」

またしても転移《テレポート》で脱出した賢一が不満げにぼやく。本気で気にしている様子はない。白衣の汚れを手で払って、余計に汚れを広げてしまったと深いため息をついた。

なにをやっているんだと尊は頭を抱える。賢一は自分が興味を持っていること以外に関しては酷《ひど》く無頓着だ。

「なら、早々に諦めて牢屋に戻れ」

「それこそ馬鹿な事さ」

「話すだけ無駄か」

片膝をついて、両手のひらを地につける。池に石を投げ込んだ時のように波紋が広がり、地面が泡立つ。

硬い土を自在に操作し、尊が作り出したのは九つの頭を持つ巨大な龍。長く太い影が地上に奔《はし》る。鱗《うろこ》の一枚一枚すら精巧に作られた龍は、本物の生物のように空を漂う。

「『地骸九頭龍《ちがいくずりゅう》』——鬼ごっこが望みなら乗ってやる」

「いや、いやいやいや。龍は反則では？」

賢一の表情から余裕の色が消えた。空を呆然《ぼうぜん》と見上げながら、必死に逃げ延びる手段を探る。あの巨体相手では転移《テレポート》しても距離が稼げない。

『異極者《ハイエンド》』たる尊が操るのだ。威力や速度は推して知るべし。

「征《ゆ》くぞ」

尊が上へ跳躍し、龍の頭上に陣取った。仁王立ちで地上を睥睨《へいげい》し、龍を操る。

轟《ごう》、と風を切り、龍が賢一めがけて滑空した。地面すれすれの低空飛行。長い身体のあちこちが屋敷に当たり、甚大《じんだい》な破壊を振りまく。

暴虐の龍は一切の減速をしないまま賢一を轢く――ことはない。当然のように転移《テレポート》で離脱していた。尊の視界からは消え失《う》せている。

では、賢一はどこへ転移《テレポート》したのか――

「苦肉の策とはいえ、成果は上々。気分は最悪だけどね。『禁忌の果実《アップル》』を使用しての連続転移《テレポート》……いい感じに寿命が縮んでいる気がするよ」

賢一は嗤《わら》いながら、尊が乗る龍と並走していた。

空を、である。

厳密には連続で龍が飛ぶ速度に合わせて転移《テレポート》を繰り返しているのだが、どのみち正気の沙汰ではない。ただでさえ使用者に負担が大きい座標指定型の転移《テレポート》を、ドーピングまでして連続使用しているのだ。賢一の脳は演算に次ぐ演算でオーバーヒート寸前。

窮地は脱した。しかし、戦闘継続は困難。

「ここは退《ひ》くとしよう」

「逃げるのかっ‼」

「僕にプライドなんてものはないからね。それに、本命の仕込みもしなければ」

「待てっ‼」

尊が龍を操り、龍の頭が賢一を叩《たた》き落とそうと試みる。

渾身《こんしん》の一撃。だが、龍の頭は虚空《こくう》を通過し、空を薙《な》ぎ払うのみにとどまる。手ごたえのなさは明確な失態の証左。

「逃げられた、か」

尊は忌々《いまいま》しげに呟《つぶや》き、上空から転移《テレポート》した賢一を追って九頭龍は夜天を駆ける。

転移《テレポート》先の予想はついていた。やつが興味を示すものがこの場にあるとすれば、それは強い異能者に他ならない。

「京介。どうか無事であってくれ」

龍を奔らせる尊の胸騒ぎは止まらない。

同刻。

屋敷の東側から突入したアリサ、瑞葉《みずは》、佳苗《かなえ》の三人は、千《せん》の部屋を一直線に目指していた。

瑞葉が構成員の記憶を異能で読み取り、事前に判明していた屋敷の構造と比較し間違いがないかを確認しながら突き進む。佳苗は未来を視《み》続け危険察知に専念。アリサは襲ってくる構成員の対処を主に行っている。

「退屈です。相手になりません」

「そんなこと言わないでくださいよー。あ、左の扉から四秒後に飛び出してきます」

「完全に遊園地のアトラクション気分じゃないですか。こんなに緊張感がなくていいんですかね」

アリサは自らの長い銀髪の先を指にくるくると巻き付けながらも、飛び出してきた服薬者三名を『虚実体《ヴォイド》』で顕現させた銀片の風で撫《な》ぜる。それだけで精神力を削られた三名は倒れ伏した。

初めに比べれば襲撃も散発的になり、人数も目減りしている。余力が残っていないのだろう。

マークされていた中位《ミドル》異能者もアリサの手にかかれば一瞬であったことから、万が一にも後れを取るとは思えない。この上なく順調な進行具合だ。

残るは千の確保だけだが、

「果たして千の部屋に行って、本人がいるでしょうか」

「十中八九いないでしょうね」

「伊達《だて》に頭を張っていない、ということでしょうか」

「決定的な証拠がない限りは向かうしかないですね」

「それはわかっていますが……雑魚《ざこ》相手も疲れてきました」

会話をする片手間でアリサが操る双剣が、天井を割って降りてきた男二人を薙ぎ払う。

意識がプツリと切れ、頭から床に落ちる。

心底邪魔そうに一瞥《いちべつ》して、

「ここは忍者屋敷ですか？」

「言ってる割に楽しそうですけど」

「先輩って意外と子どもっぽかったり？」

「楽しんでもいませんし、子どもでもありません。それよりどうなんですか」

「ちょっと待ってくださいよ。記憶を読み取るのって結構集中力が必要なんですから」

瑞葉がムッとしながら、男の手に自分の手を重ねて目をつむる。アリサと佳苗は周囲を警戒しながら瑞葉を待つ。

やがて瑞葉は手を放して立ち上がり、首を振る。

「下っ端《ぱ》が知らされている程度の情報では役に立たなそうです」

「では、このまま千の部屋に向かいましょう」

佳苗が指針を決めて三人は先に進んでいると、大きな人影が三人の前に現れる。

「ん？　伽々里か」

進行方向から姿を現したのは尊だった。

「尊さん？　時計回りのはずでは？」

「ああ。少々面倒なことになってな。逃げる賢一を追ってこっちに来たんだが、三人は見ていないか」

「すれ違ってはいませんよ。どこかの部屋に隠れているんじゃないですか？」

「そうか」

尊は眉間を押さえながら唸《うな》る。

「にしても、尊さんが取り逃がすなんて珍しいですね。何かあったのですか」

「賢一は異能を隠していた。『転移《テレポート》』だ」

「なるほど。つまり、私の出番ですね！」

尊の言葉に驚くよりも早く、佳苗はない胸を張って自信満々に宣言する。事実、彼女の『世界観測《ラプラス》』は万事に対して一定以上の成果をもたらす。

「では、早速」

佳苗は集中の海に落ちて、過去から未来を視通す。

アリサと瑞葉が見守る中。しん、とした静寂が落ちて。

「っ⁉」

突如、佳苗は身を翻《ひるがえ》して尊から距離を空けるも、脇腹へ鋭い痛みと焼けるような熱を感じた。視線を落とせば白いシャツには裂け目が入っていて、紅色《あかいろ》が滲《にじ》んでいた。

「伽々里さんっ！」

「私は大丈夫です！　それより構えてください、偽者《にせもの》です‼」

「っ、『念話《テレパス》』繋《つな》がりませんっ」

佳苗が叫び、三人の警戒が一斉に尊へ向く。間髪入れずに銀片が尊を呑《の》みこむ。回避不能の一撃をもろに食《く》らった尊はしかし、無傷のまま佇《たたず》んでいた。

手ごたえのなさにアリサの眉が上がる。

「ふむ、思ったより厄介ですね。意思とは関係ない突発的な異能発動。なるほど、これは私のミスですね。ああ、本当に――面倒だ」

全員にきつく睨《にら》まれながら、尊の姿をした誰かが飄々《ひょうひょう》とした口調で呟く。鈍色《にびいろ》のナイフを握る尊の輪郭がぶれて、化けの皮が剝がれた。

現れたのは仕立ての良いスーツを着込んだ長身痩軀《そうく》の男。左目に嵌《は》めたモノクルのチェーンが軽く揺れる。

「どうも初めまして。私は皓月千。一応、ここの長《おさ》をさせていただいています」

三人の目的であった皓月《こうげつ》千は敵意に晒《さら》されながらも、薄い笑みを湛《たた》えて腰を折った。

一気に漂う緊張感。確実に千の異能が情報にあった『転移《テレポート》』と違うことは全員認識している。

であれば、三人が初めにやるべきは異能の看破。それまでは強引な攻め手は危険を伴う。

「伽々里さん、推測でいいです。異能の候補は」

「状況証拠的に可能性が高いのは『変身系《メタモル》』。続いて幻覚や精神に作用する『精神系《スピリチュアル》』。実体があるのなら分身を作り出しての遠隔操作も捨てきれませんが、可能性としては低いかと」

「わかりました。瑞葉さん、やることはわかっていますね」

「誰に言っているんですか。バカにしているんです？」

挑戦的に笑って、瑞葉がアリサに並び立つ。

「私と瑞葉さんで相手をします。伽々里さんは先を視てください」

「お願いします。しばらく耐えてくれれば、私も参戦できますから」

「別に倒してしまってもいいんですよね？」

「瑞葉ちゃん、それはフラグなのでは」

頰を引き攣《つ》らせながら佳苗は呟くも、直《す》ぐに気持ちを切り替えて後方で集中する。

「作戦は決まったかい？　可愛《かわい》らしいお嬢様方」

「余裕綽々《よゆうしゃくしゃく》、といった風ですね。いつまで続くかわかりませんが」

「瑞葉たちにかかれば楽勝です。合わせてくださいね、有栖川《ありすがわ》先輩」

「貴女《あなた》が合わせなさい、瑞葉後輩」

二人の視線が交わりバチバチと火花を散らしたかと思えば、揃《そろ》ってそっぽを向いた。しかし、意識は全て千へと注がれている。

アリサは細かな刃を自身の周囲に纏《まと》わせ、瑞葉も腰から得物の折り畳み式三節棍《さんせつこん》を組み立てて構えた。

油断も、躊躇《ちゅうちょ》も存在しない。

「あまり戦いは得意ではないのですが……いたいけな少女がおもてなしをしてくれるというのなら、付き合うのも一興でしょう」

千は酷薄な笑みを浮かべたままジャケットの内側に手を入れる。出てきた時には指と指の間に計八本のナイフを挟んでいた。

「貴方《あなた》のような人間に少女扱いされるのは気味が悪いですね」

「それは同感です。絶対ロリコンですよこの人」

軽口を叩きながらも、示し合わせたように二人は同時に相手の領域へ踏み込んだ。

「斬り刻め」

アリサが手を掲げ、無数の銀片を千へ放つ。『虚実体《ヴォイド》』で顕現させた異能は相手の精神に対してダメージを与える。殺傷力の高すぎるアリサが普通に異能を使えば相手を殺しかねない。

純白の煌《きら》めきを宿した刃の風。刃は千の全方位を囲み、一斉に殺到したが、

「効いていない？」

「しっかりしてくださいよ、有栖川先輩」

「うるさいですね。貴女も働きなさい」

ニヤニヤと声をかける瑞葉に刺々《とげとげ》しい言葉を返す。その間も千への警戒を緩めない。

明らかにおかしな光景。誰の目から見ても千に命中していたはずだ。

「不思議そうな顔ですね。まるで事前に知っていた情報が間違っていたかのような」

「……なるほど。貴方の想定内ということですか」

「伽々里さんに任せきりは良くなさそうです。有栖川先輩、隙を作ってくれませんか」

「私は勝手に合わせます。貴女も勝手に合わせなさい」

「うへぇ、無茶言いますね。瑞葉の異能って戦闘の役に立たないんですけどっ！」

『念話《テレパス》』も『記憶閲覧《メモリアル・リーダー》』も生身で戦うために用いる異能ではない。それでも異能強度レベルⅦ、身体能力は相応に強化されている。

瑞葉は得物の三節棍をくるりと回し、疾駆する。その瑞葉を銀片と剣の群れが護衛するように追う。アリサも異能で造った銀の細剣を携えて参戦した。

二人に挟まれる形となった千はしかし、余裕の笑みを崩さない。両腕を脱力させ、ナイフの切っ先は床を向いている。

「――」

千が小声で何かを呟《つぶや》いて。

アリサと瑞葉が千を挟み込むと同時、三節棍の打撃と細剣の鋭い刺突を繰り出す。入った、誰もがそう認識し、

「――えっ」

響いたのは、千の体内に埋もれた三節棍と細剣による硬質な音色だった。二人の驚愕《きょうがく》

に満ちた声が重なり、慌てて手を引く。

「残念。では、一刺し」

「っッ⁉」

瑞葉の右腕をどこからともなく現れた千のナイフが斬りつけ、飛び散った血が床を赤く濡《ぬ》らした。痛みに呻《うめ》き表情を歪《ゆが》めながらも、瑞葉は声の方向に三節棍を薙《な》ぎ払う。

それは千の腹へ吸い込まれるように命中し、

「なる、ほどっ！」

微《かす》かな手ごたえすら伝わることはなく、千の身体《からだ》を透過する。

瑞葉は右腕の傷を押さえながらアリサと合流した。

「何かわかったのですか」

「けがの功名ってやつですね。体を張った甲斐《かい》がありました。瑞葉って、物を介しても記憶を読めるんですよ。千の異能は」

自信満々に瑞葉が口を開き、

「わかりました！　千の異能は対象の認識を改竄《かいざん》する『精神系《スピリチュアル》』です‼」

「伽々里さんそれ瑞葉のセリフ‼‼」

『世界観測《ラプラス》』の演算を終え、未来を観測した佳苗によって千の異能が告げられた。

「もうばれてしまいましたか」

実に優秀だ、と千は佳苗へ賛辞を送る。もはや隠す気はないらしい。

「知ったところで対抗のしようがなくないですっ⁉」

「厄介ですね。基本的に『精神系《スピリチュアル》』は防げませんし」

「私が足止めを。二人で詰めてもらえますか」

アリサと瑞葉が頷《うなず》き、動く。

「『刃界《ブランドライン》』」

アリサが無数の銀片を指揮者のように操り、銀片が部屋を半球状に覆いつくす。逃げ場を塞ぐ刃の障壁だ。キラキラと輝きながら部屋を舞う銀片に何かが触れれば、アリサも千の本体を感知できる。

これまで使わなかったのは、普段以上に精密な操作が必要だからだ。リソースの大部分を割くため派手な攻撃は行えなくなる。

「対面は任せました」

「瑞葉こんなの聞いてませんよーっ⁉」

「補助くらいはしてあげますから。それとも、怖いのですか？」

「ほんと性格悪いですね、有栖川先輩。先輩にチクってやる！」

瑞葉は可愛い復讐《ふくしゅう》を心に決めて、三節棍を手に千へと迫る。これが精神干渉の結果生み出された虚像なのか、本体なのか判別はつかない。

「幻覚なら瑞葉の攻撃は当たらない。だったら、怖くなんてないですよっ‼」

三節棍を首へ軽やかに振る。手ごたえはなく、千の姿が煙のようにぼやけた。瑞葉はそのまま動かない。

無防備に背中を晒す彼女の背後に、虚空《こくう》から交差した二振りの銀剣が生まれる。それは寸分違《たが》わず、認識の虚を衝いて繰り出されたナイフの切っ先を受け止めた。

軽い金属音。さっきまでの不穏な気配はどこへやら、二人の連携は完璧だった。

「ちょっとだけ、手荒にいきますね」

躍りでる小柄な人影――佳苗だ。低い姿勢で鞭《むち》のようにしなる蹴りが空間に放たれる。

それは途中で重い音を響かせ、蹴りぬかれた。

「っ、は」

「認識改竄が行われていようと、それを込みで未来を視《み》ればいいだけのことです」

そこには、苦しげに腹を押さえる千の実体がいた。佳苗の蹴りを受けて異能の制御が甘くなり、存在が三人に認識された。姿が正常に見えれば、千は多少身体能力が高い男でしかない。

「暫《しばら》く眠っていてもらいましょうか」

ゆらりと佳苗が肉薄し、容赦のない拳打の連撃が千を襲う。千は矢継ぎ早に繰り出される徒手空拳の技を捌《さば》きつつ、織り交ぜられるアリサと瑞葉の攻撃も的確にいなす。

踊るように目まぐるしく変わる攻守。三人がかりでも押し切れないほど、千の戦闘技術は磨き抜かれていた。佳苗の拳が受けとめられ、破裂音が響く。超至近距離で二人の視線が交わる。

誰かが、盛大に舌を打った。

「――その程度で私を追い詰めたと思うなッ！」

千が吐き捨て、指を鳴らした。瞬間、三人の視界が一斉にぼやける。深夜のテレビのように砂嵐が起こり、

「はっ、あ」

「有栖川先輩っ⁉」

「あーちゃん⁉」

突然苦しみだしたアリサが膝を折って倒れる。『刃界《ブランドライン》』は解除され、銀色の欠片が粒子となり、最後の煌めきを残して溶けていく。

二人が何事かと千から守るように陣取りつつ、様子を窺《うかが》う。その間もアリサは不規則な

呼吸を続けていた。ひっ、ひゅう、と過呼吸に似た呼吸音が響き続け、何かに耐えるように床に爪を立てている。

「ふむ……かかったのは一人だけですか。直接的な異能攻撃を封じられたので良しとしましょう」

「一体何が――」

「私が彼女に施したのは『悪夢の再来《フラッシュバック》』。記憶にあるトラウマを刺激し、呼び起こしただけです」

滔々《とうとう》と千は語りながら、ともすれば優しげだと評されるような視線をアリサへと送る。

瑞葉と佳苗に効かなかったのは、二人に明確なトラウマのイメージがなかったからだ。

一方、未《いま》だに過去を抱えていたアリサへの効果は絶大。精神的な負傷者を作りだすことに成功した。

わかっていても防げない、それが千の異能。

「これで戦況は一対二……三人で押し切れなかった私を、二人で倒せますかね？」

不敵に笑う千の輪郭がぼやける。消えた、と認識して間もなく、佳苗は瑞葉を押し飛ばした。ほぼ同時に瑞葉がいた場所にナイフが振るわれ、鈍色《にびいろ》の軌跡を見て背筋を凍らせる。

「十束さん、あーちゃんを守ります。救援要請を」

素早い指示に瑞葉が頷いてインカムで他のメンバーへ応援を求める。すると、間髪入れずに返事が返ってくる。

「先輩に繋《つな》がりました！」

「ありがとうございます！　それなら、来るまで耐えれば――」

希望が見えた。だが、それはあくまでこっちの事情。千が優位なことは変わらない。

「まあ、いいでしょう。応援が来る前に決着をつけて、私は消えるとします」

「させませんよ」

「瑞葉もやります」

佳苗は肩幅に脚を開いて、千を真正面に捉えて構える。瑞葉もまた三節棍を構え、油断なく警戒していた。

そんな二人を見つつ、千も応じるようにナイフを指の間に挟みこんだ。

「――いきます」

気炎万丈。身を屈《かが》め、爆発的な勢いで佳苗が飛びかかった。

鞭のようにしなる脚撃。千は三歩退いて避け、右腕を振るってナイフを飛ばした。ナイフは佳苗を貫くかと思われたが、知っていたかのような挙動で全てを躱《かわ》す。

未来を視た佳苗に、単調な攻撃は当たらない。それに、

「はあッ‼」

　これは二対一だ。

　遠心力を活用して振るわれた三節棍が、佳苗の隙を埋めていく。けれど、瑞葉の技量では千を追い詰めるには足りない。だが、それでじゅうぶん。

　再び佳苗が加わり、三人は近接戦へと移行する。

　目まぐるしく入れ替わる攻防。アリサがいなくなった穴は大きい。目に見えて千が戦況をコントロールする時間が増えていた。

　異能強度で勝る千は単純な身体能力と驚異的な読みで、二人と互角以上に渡り合う。

　押し切れない――その事実に拳を交えながら佳苗は歯噛《はが》みする。最悪倒せなくてもいい。ここに応援の京介が来るまで足止めできれば押し切れる。

　問題は、そこまでの余裕がないことだ。

「やはり面倒ですね。未来を視る異能……単純な力押しが有効ではありますが、私にそれは不可能だ。ですが……こういうのはどうですか？」

「っ、あーちゃん！」

　佳苗が叫び、瑞葉も千の狙いに気づく。しかし、僅かに遅かった。

　千が左手に挟んでいたナイフを投擲《とうてき》する。その矛先は――蹲《うずくま》ったまま動けないアリサ。

異能強度が高くても、心神喪失している状態の異能者はその限りではない。ナイフであろうとも、当たり所が悪ければ致命傷になり得る。

間に合わない——そう、瑞葉は未来を幻視して。

「——いえ、間に合いました！」

佳苗が、それを否定する。

瞬間、天井が割れて風が吹き荒れた。ナイフは威力を散らされ、アリサへ届く前に全て床に突き刺さる。

とん、と軽い靴音。その人物はぐるりと見まわし、蹲るアリサの姿を視界に収める。

「なるほど」と小さく呟《つぶや》いてから、彼は千へと視線を注ぎ、

「そいつが原因か？」

あくまで平然と言い放つ頼もしい増援——京介の登場に、瑞葉と佳苗は揃《そろ》って表情を綻ばせた。

■

十束からの要請に応じて来てみれば、有栖川は頭を抱えて蹲ってるし、十束と伽々里さんは『皓王会』の長を務める皓月千と交戦中だった。

この三人で押し切れないって、もしかして相当強いのか？

「先輩っ、千の異能は認識改竄《かいざん》！　有栖川先輩は千の異能でトラウマを刺激されたみたいですっ！」

「マジかよ」

十束が簡単な情報提供をしてくれたおかげで謎が解けた。

認識改竄ってことは『精神系《スピリチュアル》』か？　決して戦闘に向いているとは言えない異能で三人を相手取り——そのうち一人は戦闘力に秀《ひい》でた有栖川がいたのに——生きながらえているなんて。

いや、だからこそか？　異能の範囲がどこまで及ぶのかわからないが、千という人間の存在自体を俺たちの認識から外せば、攻撃を凌《しの》ぐくらいは造作もないだろう。

恐らく間違っていないはず。それなら学院地下で賢一が俺の異能の影響を受けなかったことも辻褄《つじつま》があう。

「……おやおや、これはこれは。異特の『異極者《ハイエンド》』ですか。流石《さすが》に分が悪いですね」

千のおどけたような声が耳障《みみざわ》りだ。しかし、あえて無視して有栖川へと手を伸ばす。その間、逃げられないよう千へ『過重力《ハイ・プレッシャー》』を放ち、釘付《くぎづ》けにした。

「伽々里さん、瑞葉はどうすれば」

「ええと……京ちゃんに任せましょう。悪いようにはなりませんので」

伽々里さんは未来を視たのだろう。自分の目論見《もくろみ》が筒抜けになっているのが少しばかり恥ずかしかったが、なるべく気にしないよう努める。

「有栖川、いつもの調子はどこにいったんだよ。トラウマを刺激されたくらいで凹《へこ》むほど弱くないだろ」

普段ならストレートで拳が叩《たた》き込まれるであろう言葉に返ってきたのは、弱々しい声。

「嫌だ、私は……誰か、助けて。助けてよ……っ」

泣きじゃくる子どものような姿もまた、有栖川の一面なのだろう。

十束は千の異能でトラウマを刺激された、と言っていた。なら、千の意識を落とせば解決するはず。

「でも、それじゃあ根本的な問題は解決しない。荒療治で悪いけど――」

有栖川自身が過去を乗り越える必要がある。

俺は有栖川の肩を摑《つか》んで顔を上げさせた。ひくり、と喉が鳴り、濡《ぬ》れた紺碧《こんぺき》の瞳と視線が交わる。縋《すが》るようなその目をあえて無視して、

「有栖川、本当にそのままでいいのか。立ち止まっていても、どうしようもないぞ」

「……そんなこと、わかっていますよ」

ぽつりと、震えた声が返ってきた。

「これはまやかし。ただの幻覚。それでも——私は、越えられない」

振り絞った言葉。そこに秘められた感情を正確に推し量ることはできない。

だけど、もし。

「……一度だけ訊《き》くぞ、有栖川。そのまま立ち止まっていたいのか、それとも——先に進みたいのか。もしその気があるなら、立てよ。手なら貸してやるから」

手を伸ばす。

有栖川の強さは知っているつもりだ。その精神は、こんなことで折れるほど弱くない。

同時に、過去を乗り越える難しさも知っている。トラウマは容易に越えられるものではない。

それでも俺は有栖川を信じる。培《つちか》ってきた信頼と実績と、俺自身の思いも込めて。

「——『初めから強い必要なんてない』。貴方《あなた》はそう言いましたよね」

「ああ。心が折れない限り、人は誰でも強くなれる。俺でもできたんだ。俺なんかよりよっぽど優秀な有栖川にできないわけがない」

そうだろ？　と訊いてみれば、

「……貴方なんかと比べられても嬉《うれ》しくないですね」

皮肉っぽい返事と共に、有栖川は自分自身の力だけで立ち上がった。ふわりと銀色の粒子が羽のように舞い上がる。濡れた目元を袖で拭い、強い意志を込めた眼差《まなざ》しで正面を向く。

「私は有栖川アリサ——対等でありたいと願ったのは、他でもない私です。今はまだ手の届かない場所ですが……きっといつか、貴方の隣に追いつきます。これはその、最初の一歩」

「待ちくたびれたっての。で、どうするんだ？」

「……手を、握っていてもらえますか。それなら、私は迷わず立っていられそうな気がします」

真っすぐな言葉。黙したまま差し出した手を、有栖川が握った。

少しだけ汗ばんだ、細く柔らかで、温かい手のひら。指先の震えが徐々に収まっていく。

「手出しは」

「無用です。伽々里さん、瑞葉さん、ご迷惑をおかけしました。後は——」

二人に告げて、流れるように銀色の剣を顕現させた。ただ一振りの剣を携えて、有栖川は宣言する。

「私にやらせてください。一瞬で片付けます」

「立ち直った？　なら、もう一度かけるまで——」

静観を貫いていた千が先んじて動いた。口元を動かし、指を鳴らす。

瞬間、思考をノイズが埋め尽くした。これが千の認識改竄……というか、トラウマの想起か。こんなものを見せられるのは正直キツイ。けど、隣の有栖川も戦っているのに、俺が負けるなんてありえない。

「く、っあ」

頭を押さえながら耐える有栖川から漏れた、苦しげな呻《うめ》き声。しかし、膝はつかない。代わりに握る手の力が強まっていく。

精神が揺れ、異能の制御が不安定になる。剣の輪郭から銀色の粒子へと変換されていく。だが、辛《かろ》うじて剣の形は保っていた。その推移が有栖川の精神状態を表しているようだ。

そして、遂《つい》に。

深く息を吐き出して、銀閃《ぎんせん》が部屋を薙《な》いだ。

「——私はもう、止まっていたくないので」

「……これは、年貢《ねんぐ》の納め時ですかねぇ」

敗北を察したのか、千が言って苦笑する。純粋な異能強度で上回る異能者が二人もいれば、認識改竄なんて強力な異能であろうとも勝ち目は限りなく薄い。

有栖川と繋《つな》いでいた手が離れ、ゆっくりとした足取りで千へと近づいていく。視線は真っすぐに。必要以上の恐怖はない自然体。

剣が手から離れ、宙を飛翔《ひしょう》する。有栖川が腕を前へと伸ばし、指揮棒のように振るった。剣は有栖川の意思に従い、千の胸を貫いた。

がくり、と千は膝を折る。ギリギリ意識だけは保っているものの、それだけ。抵抗する意思を見せた瞬間、有栖川がそれを許さない。

「『虚実体《ヴォイド》』ですから、死にはしません」

「……私に、私にもっと力があれば――」

「力があったところで、使い方を間違えれば待っているのは破滅だけです。過去の私のように。今があるのは……救い上げてくれた人がいたからに他なりません。貴方にも、救いの手を差し伸べた人がいるのではありませんか？」

あくまで冷淡に有栖川が告げる。すると、千は目を見開いて、乾いた笑いを漏らした。

ああ、と天井を向いて、

「……今からでも、やり直せますかねえ」

「知りませんよ、そんなの。今の貴方がするべきことはただ一つ。罪を償うことだけです」

「そうかも、しれませんね。私の完敗です。どうとでもしてください」

降参だと両手を上げた千へ、有栖川が異能絶縁の手錠をかける。

これで千は終わり……状況がわからないのは賢一だけ。地祇さんのことだから心配はいらないだろうけど——などと、考えていたときだった。

獣の如《ごと》き咆哮《ほうこう》が響き渡ったのは。

■

夜に響いた声の発信源へ三人と向かってみれば、警察関係者と思《おぼ》しき人が何人か倒れていて、さらには捕らえたはずの『白虎《びゃっこ》』が巨大な虎の姿で地祇さんと戦っている最中だった。

その虎の背には、くつくつと隠すことなく嗤《わら》う賢一の姿。

「地祇さんっ、これは」

「近づくなッ！」

腹の底からの警告。瞬間、薙ぎ払われた虎の腕が地面を抉《えぐ》り取った。盛大な土煙が舞い上がり、晴れたときには唯一地祇さんが立っている周囲だけ、地面が残っている状態だった。

「──ようやく主役の登場か。久しぶりだね、京介。また会えて嬉しいよ」

「賢一……っ」

ぎり、と奥歯を鳴らしながら、虎の背に乗る賢一を見上げた。

虎の目に正気の色は窺《うかが》えない。だが、本能的に警戒しているのだろう。ゆっくりとした足取りで歩きながらも、刺すような気配を放っている。

「さて、役者も揃《そろ》ったところで、実験内容の説明をしようか」

「……実験だと？」

「そうだよ、地祇くん。僕がコレに注射したのは『禁忌の果実《アップル》』の成分を数千倍まで濃縮した薬液。その影響で、コレは正気を失い異能の制限が『異極者《ハイエンド》』以上にまで跳ね上がった状態さ」

こともなげに賢一は言うものの、そんなものを打ち込まれて無事なはずがない。

「『超越者《イクシード》』へ至るには相当の負荷が必要だ。そして、コレは命の最後に京介を上のステージへ押し上げる大役を務めることになったのだ。光栄に思うといい」

「来るぞ‼」

地祇の警告と同時、『異特』の面々を守るように土壁がせりあがった。

下手な金属よりも堅牢《けんろう》な防御力を誇る壁。

その、壁に。

ぴしり、と亀裂が走って。

「離れろ‼」

壁が破られつつあることを察知して、地祇さんが退避を勧告する。防御に秀《ひい》でた『異極者《ハイエンド》』で敵《かな》わないのなら逃げるほかない。対抗できるのは最低でも『異極者《ハイエンド》』以上。俺も残ってすぐさま重力地帯を展開。少しでも『白虎《びゃっこ》』の行動を抑制する。だが、今の『白虎《びゃっこ》』に効果のほどはいまいちだ。

土壁を無造作に押し倒し、踏み砕いて現れた白き猛虎が、狂気に染まった双眸《そうぼう》で俺と地祇さんを睥睨《へいげい》する。

その威容、威圧感。

「あれは危険すぎる。俺の防御を易々《やすやす》と突破する破壊力。食い止めるのが関の山だ」

隣で地祇さんが無念そうに告げた。異能者同士の戦闘は、どうしても相性が付きまとう。気にしても仕方ない。

やっぱり、ここが使いどころだな。残念なことに嫌な予感が的中してしまった。

「地祇さん、アレを使います。なるべく離れて、余波からみんなを守ってくれませんか」

隣で地祇さんが息を呑《の》み、苦々しそうに頷《うなず》く。

「悪い。頼む、やつを止めてくれ」

「いつか越えなきゃならないものでしたから」

過去に囚《とら》われるのは、もうやめだ。妄執の果てに生まれた化物諸共《もろとも》、今日、ここですべてを断ち切る。

地祇さんが下がり、俺だけが『白虎《びゃっこ》』の前に残された。

恐怖はある、不安もある。

俺にはあふれる勇気もなければ、揺るがない正義というものも持ち合わせてはいない。

大多数の人より異能が使えるだけのモブ陰キャだ。

だからこそ、俺は。

「そんなに見たければ見せてやるよ。『異極者《ハイエンド》』を超えた先、『超越者《イクシード》』だって宣《のたま》う化物の力を」

嘲るように吐き捨てて、俺は右手の指輪を外した。

■

――『天賦の枷《タレントロック》』。

賢一による実験によって美桜《みお》に与えられた異能であるそれは、制約を用いて他者の異能に制限をかける極めて珍しいものだ。

夜の約束通り、家を出る直前に美桜の手によって異能の制約を取り払われた。

「――絶対、絶対に無茶だけはしないで。帰ってきたらすぐにかけ直すからね」

「わかってる。ありがとな、美桜」

胸元に飛び込んできた美桜の頭を撫《な》でながら、そう言葉をかける。その一方で、胸の奥がざわめくのを感じた。

この力は諸刃の剣。使わずに事が済むのが理想だが、そうはいかないだろうと胸騒ぎがあった。確実に、これは必要になる。

「……ねえ。これだけは、聞いて欲しい」

「なんだ？」

「私ね、この異能があって、本当に良かったって思ってる。苦しいものを私も背負って、少しでも楽にできるから。一人じゃないって、思えるから」

いっそう、抱きしめる力が強まった。

「――違う。俺が弱かったから、美桜に背負わせた。一人だったら、俺は自分の異能を制御できずに死んでいた」

人体実験の被験者になった俺が得たのは、『異極者《ハイエンド》』すら超えた異能の力。簡単に人を殺してしまえる異能を常時まき散らしていれば、処分されてもおかしくはない。そうでなくとも、異能の反動で衰弱し、息絶えていた可能性すらあった。

しかし、美桜は俺を助けるために制約を結び、俺の異能を『異極者《ハイエンド》』のレベルまで抑え込んだ。……いや、正しくは俺が制御できていなかった分の力を、美桜が代わりに背負ったのだ。それによって時折美桜は体調を崩すことがあるのだが、美桜に何を言っても譲ろうとはしなかった。

「頼りがいのない兄でごめん。でも、俺には美桜が必要だ。これから先も、ずっと。だから、」

ごめん、と続けようとして、その唇を美桜の指が塞いだ。

「いいの。これは私が選んだことで、私にしかできないこと。誇らしいし、嬉《うれ》しいし、これからずっと続けたいって思ってる。だって私は——世界最強の異能者の、世界一の妹ですからっ」

■

自然に身体《からだ》から発せられた重力波が、周囲の空間を侵食する。己の枷《かせ》である指輪を外したことで、本来の力が身体に戻ったのだ。同時に、自我や理性と呼ぶべきものが精神の海へ沈んでいく。

「ああ、きっっついな。油断したらもっていかれる」

額に滲《にじ》んだ脂汗を袖で拭い、深い呼吸で気を静める。頭の中に響く誰かの声を黙殺して、意識を落とさないように強く保つ。

かつて、俺はこの異能で人を殺したことがある。

暗い地下室で、賢一に協力していた研究者を制御が外れた異能が襲った。一瞬で身体が原形を留《とど》めないほどに潰れ、大量の血と肉の塊になった光景が脳裏に焼き付いている。

思い出すたびに胸を締め付けられ、息が詰まり、幻聴が頭の中で響く感覚を乗り越えるのは容易ではなかった。いや、今も真の意味で乗り越えたとは言えないだろう。それでも死ぬほど悩んで、自分なりの答えを出して、真正面から向き合って初めて前に進めた。

忘却は許されず、死ぬまで死者の影は付き纏《まと》う。だけど、罪悪感だけに囚われてはならない。結局のところ、自分の人生が最優先という自分勝手極まる結論へ行き着いた。

だから俺は、分不相応に備わってしまった化物の力を振るう。

この力は、はっきり言って異常だ。だが、根付いた力を捨てることはできない。

俺が全力を出せるのは美桜が異能を解除し、指輪を外した時だけ。あまりに身体への負荷が激しく、長時間の使用は心神喪失の危険があると凪《なぎ》先生から言い渡されているほどだ。

なにせ、未《いま》だに全力は完全な制御ができていない。いつ暴走するかもわからない核爆弾じみた力。それを抑え、精神の箍《たが》が外れないように守っているのが異能抑制の指輪であり、俺とは別の意味で特異な美桜の異能。

「でも、俺だけだ。俺がやらなくてどうする」

激しい頭痛に耐えながら、必死に理性を繋《つな》ぎとめる。枷もなければ楔《くさび》もない。現実を見失ったら最後、二度と戻っては来られないだろう。

これは人間が手にしてはならない力。

『異極者《ハイエンド》』を超えた、
人ならざる、化物の力。

「あ、ああ、ああああああっ‼　京介‼　その圧、世界の理《ことわり》すら越えた力‼　いつだ、いつ至ったのだ‼　『超越者《イクシード》』へ‼‼」

鼻息荒く大仰に両手を広げ、早口で捲《まく》し立てる。血走った眼《め》で俺の一挙手一投足を舐《な》めるように観察していた。

俺は自分の力が『異極者《ハイエンド》』の枠に収まりきらないと判断して、区別のために『超越者《イクシード》』という言葉を使っていた。だが、賢一の言葉で確信を得た。

人間に許される力ではないと。

心の内で熱く煮え滾《たぎ》る殺意を押し殺して、右手を翳《かざ》す。

「黙ってろ。目障《めざわ》りだ。うっかりお前みたいなのを殺した手で美桜に触りたくない――『天の重石《ヘブンスウエイト》』」

精一杯の自制を利《き》かせて、極めて弱い重力を賢一に課す。理すら超えた重さは『転移《テレポート》』での離脱を許さず、一瞬で意識を刈り取った。もとより逃げる気はなかったのかもしれないが、どうでもいい。忌々《いまいま》しい声を聞いているだけで精神がかき乱される。

気を失った賢一は虎の背から振り落とされ、地面を転がった。死なれても困るので、適当な場所に引き寄せておく。

頭がふわふわとして、考えがまとまらなくなってきた。力を解放している間は、どうやってもこうなる。自我が沈んで、浮かんできた別のナニカが塗り替えていくような。

得体のしれない感覚。長く続けるのは良くないと本能的に理解できる。

「さっさと終わらせよう」

睨《にら》みを利かせていた『白虎《びゃっこ》』へ視線を流す。獣の本能か、気配の変化を察して観察に徹していたのだろう。

その判断は正しくて、大間違いだ。

アイツは一目散に逃げだすべきだった。市街地に抜けて、人質を取るなりして戦いを遅延させれば逆転の目も残ったはず。

賢一に弄《いじ》られて強制的に異能を解放している『白虎《びゃっこ》』には無理な話かもしれないけど。

「ア、あァ、アアアあアァッ‼‼」

月へ捧《ささ》げる咆哮《こえ》。

狂気的で、秘められた本能を剝《む》き出しにした、原初の感情が奔流として溢《あふ》れた。

夜を塗り替える熱。月光を照り返して純白に煌《きら》めく体毛が逆立つ。細められた黄金の瞳孔。

身を前傾させ、駆けだした。

制限が外れた『白虎《びゃっこ》』の全力は、

あまりにも遅すぎる。

「楽にしてやる。安心しろ、一瞬だ」

スローモーション同然に流れる視界。異能を発動させるのに、コンマ秒もいらない。

そうあれと願った時、世界は意思の通りに書き換わる。

殺さずに無力化するのは至難の業だろうが、今の俺なら針の穴を通すような絶技すら児戯に等しい。

「『万象崩壊《アルス・マグナ》』」

刹那、上空に生まれた漆黒の点。

それは極小規模で発生させたブラックホールだ。ありとあらゆるものを呑み込む宇宙の穴。異能によって制御された黒点が薄く広がって……否《いな》、光を一帯から呑み込んで一寸先も見えない暗闇が広がる。

俺だけは『白虎《びゃっこ》』の姿を認識できる。やつは今、足を止めて立ち尽くしていた。理性を失ったからこそ、本能に逆らうのは難しい。

ましてや、呑み込まれたら最後のブラックホールを目前に控えればなおさらだ。

必死に地面にしがみついて抵抗の意志を見せる『白虎《びゃっこ》』の周囲へ、追加のブラックホールを生成。四方八方のブラックホールが過剰すぎる吸引力で『白虎《びゃっこ》』を奪い合う。

四肢が地面から引きはがされ、『白虎《びゃっこ》』の巨体が空中で縫い留められる。

伸びた身体、長い尻尾を靡《なび》かせていた『白虎《びゃっこ》』の双眸《そうぼう》から光が消えた。

天文学的数値の重力の前には『異極者《ハイエンド》』でも耐えられるものではない。尋常ではない生命力も底をつき、遂《つい》に気を失ったようだ。

すぐさまブラックホールを消し去り、世界に光が復帰する。ひゅう、と風が吹いて、『白虎《びゃっこ》』の巨体が自然の重力に引かれて落ちた。

静寂が落ちた夜。『白虎《びゃっこ》』が虎から人間に戻るのを見届け、指輪を嵌《は》め直そうとポケットへ手を伸ばすが、

「っ、くそ」

酷《ひど》い頭痛に襲われて蹲《うずくま》る。

震える手でポケットから取り出した指輪をあっけなく落としてしまう。

黒く霞《かす》む視界では上手《うま》く手に取ることもできない。

早く、しないと、

「――最後まで世話が焼けますね、貴方《あなた》は」

すぐ隣から声がかかった。右手が温かい感触に包まれて、人差し指に指輪が通る。

すると、朦朧《もうろう》としていた意識が徐々に明瞭さを取り戻す。まだ頭痛や吐き気なんかは残っているものの、じきに引くだろう。

顔を上げると有栖川が俺へ手を差し伸べていた。

「なんだ、その、助かった」

「礼には及びません。美桜ちゃんに頼まれていましたし。それに……あの夜、約束しまし

たから。私は約束を果たしただけです」

「美桜がそんなことを……こりゃ帰ったらご機嫌取りだな。心配かけすぎた。有栖川も覚えててくれたんだな。ありがとう」

「礼には及びません。貴方が私にしてくれたことに比べれば――」

「何か言ったか？　まだ耳がちょっと遠くてよく聞こえないんだ」

「っ、何でもありません！」

頬を赤くしつつ有栖川が叫んだ。何を言ったか気になるものの、藪《やぶ》をつつく気はない。有栖川に抵抗できるほどの力が残っていないので戦略的撤退に限る。

「……それより、いつまで地べたに這《は》い蹲《つくば》っているつもりですか。いい加減疲れたのですが」

つまり、その手を取れと言いたいのでしょうか？　いや、無理無理。

俺は異能が他より多少使えるだけのモブ陰キャ。光り輝く本物の天才である有栖川のような人間とは、本来交わることすらない一般人だ。

「自分で立てるって。ほ、ら？」

立ち上がって、両足をついて。

不意に、世界が傾いて。

「無理しすぎですよ、先輩」

左側で倒れかけた俺の身体を支えたのは十束だった。不安定な体勢から俺の腕を自分の肩に回させたところで安定する。身長差のせいで若干腰をかがめる必要があるが、正直助かった。

自分の力だけで立てないほど消耗していたとは思っていなかった。

「悪い、手間かける」

「今のうちに女の子の柔らかさとか匂いとか堪能《たんのう》してくれてもいいんですよ」

「それは断る。後が怖いし」

「ありゃりゃ、残念」

本気か冗談かわからない誘惑を華麗に躱《かわ》して笑っていると、

「そうですか。そんなに年下の少女の身体がお好みですか」

差し込まれた呪詛《じゅそ》の如《ごと》き呟《つぶや》きに背筋が冷える。頬を引き攣《つ》らせながら発信源へ視線を送れば、そこには尋常ではない殺気を放つ羅刹が降臨していた。

「ええ、別に私は貴方なんてどうでもいいです。美桜ちゃんとの約束も十分に果たしたでしょう。仕事も終わったことですし、帰ります」

「え、あ、ちょっ、有栖川さんっ⁉」

制止をかけるも聞く耳を持たず、有栖川の背中が遠ざかる。災害級人物のご機嫌を損ねてしまったらしい。

一難去ってまた一難。平穏な日々はいつまで経《た》っても訪れないのか。

「皆《みんな》、ご苦労だった。事後処理は俺たちに任せろ。京介と十束くんも帰ってゆっくり休んでくれ。外に護送用の車を手配している」

「わかりました。それでは、お先に失礼します」

残るメンバーに礼をして、最後に倒れたままの賢一を一瞥《いちべつ》し、俺は十束の肩を借りて屋敷を後にした。

早朝五時三分。

日の出と共に、本作戦は終了した。

Epilogue

The Raven & The Lady

The strongest problem buddy in the world
of special abilities

鴉　と　令　嬢

『皓王会《はくおうかい》』確保作戦から数日。

簡単に事の顚末《てんまつ》を振り返るとしよう。

大目標であった三人は全員確保に成功し、双方ともに死者はゼロ人。高濃度の薬液を注射され暴走していた『白虎《びゃっこ》』は確保後、生と死の狭間《はざま》を彷徨《さまよ》ってはいたが、驚異的な生命力で四日後に目を覚ました。しばらくすれば、日常生活に支障が出ない程度まで回復するとの見立てだ。

異能聴取が始まっている賢一《けんいち》に関しても、多数の進展があった。

十束《とつか》の『記憶閲覧《メモリアル・リーダー》』によって賢一を秘密裏に釈放した防衛大臣の存在が明らかになり、芋づる式に数名の政府関係者が逮捕。前代未聞《ぜんだいみもん》の不祥事に衝撃が走った。防衛大臣が賢一を釈放した目的は、異能強制増強剤を用いた下位《ロー》異能者の軍事利用だったらしい。

確かにアレを使えば下位《ロー》異能者でも相当な戦力にはなるが、戦争でも仕掛けるつもりだったのだろうか。なんにせよ、人道や倫理を無視した行いであることに変わりない。関係者には然《しか》るべき処分が下るだろう。

最後に皓月千《こうげつせん》だが、こちらは想定外の事態が発生した。拘留されていたはずの千が拘置所から行方をくらましたのだ。異能絶縁の手錠は嵌められていたにも拘《かか》わらず、だ。

監視カメラの映像にも残っておらず、伽々里《かがり》さんの『世界観測《ラプラス》』で過去を視《み》てもらったが、本当に唐突に姿を消したらしい。証拠も残されていないため、追跡は難航している。

またしても悩みの種が増えた形だ。

目立ったところで言えば、こんなところだろうか。細かいものはたくさんあるが、挙げていたらキリがない。

そんなわけで、俺の日常は今日も続いている。

『標的B地点を突破。七秒後に接敵します』

『了解』

インカムから聞こえる伽々里さんのオペレーション。

今日も変わらず、『異特《いとく》』として深夜出勤だ。

ひとつ事件が終わっても、俺たちの仕事はなくならない。あんなものは氷山の一角。探さずとも異能者絡《がら》みの事件は山ほど起きる。

平穏とは程遠い現実を少しでもまともにするために、望まず得た力を振るう。これは俺が決めたこと。今更逃げ出したくはない。

「さて、と」

時間はない。

軽く息を整えて、狭い路地の中心に陣取った。視線を前に向ければ、曲がり角から大慌て男が一人駆けてくる。

男は立ちふさがる俺を見てギョッと目を剝《む》き、

「助けてくれ、兄ちゃん‼ やべえ、やべえやつに追われて――」

必死の形相で助けを求めた。

当然ながら、この男は異能犯罪者だ。

俺を通りすがりの一般人とでも思っているのだろうか。いや、それなら俺を人質に使うくらいはするはず。正常な判断が下せないほどに焦《あせ》っていると見える。

でもまあ、うん。

理由は薄々わかるよ。

「悪いけど、そりゃあ無理な相談だ。俺も、あんたを追ってる側だし」

「ッ⁉」

無慈悲に告げると、男は踵《かかと》で急制動をかけた。通路の端に置かれていたビール瓶の入った箱を薙《な》ぎ倒す。カッシャーン‼ とガラスが割れる音が連なり、破片がアスファルトへ散乱する。

そんな時、再び曲がり角から現れた人影。

「鬼ごっこは終わりです。斬り刻まれたくなければ大人しく投降しなさい」

澄んだ声音で告げるは理不尽な選択肢。

夜闇に揺れる銀髪が、薄暗い路地ではなお輝く。

軽快に踵を鳴らして歩く姿は備わった端麗な容姿も相まって、モデルのような美しさだ。

銀色に煌《きら》めく刃を自身の周囲に躍らせ、臨戦態勢の整った彼女の名は有栖川《ありすがわ》アリサ。

俺の仕事のパートナーであり、レベルⅨ『剣刃舞踏《ブレードダンス》』の異能者。

「畜生、こんなところで捕まってたまるかッ‼」

男が狙いを定めたのは俺だった。明らかに危険で理不尽な有栖川よりも可能性があると感じたのだろう。同じ立場なら俺でもそうすると思う。

男は拳を強く握りしめ、力強く踏み込んだ。アスファルトの地面が容易《たやす》く割れる。

男の異能は『強化系《エクステンド》』でも数が多い『身体強化《フィジカルアップ》』。

とはいえ侮《あなど》ることなかれ。単純なだけあって、雑に強い。

「一応仕事なんでね。なるべく痛みは感じないようにしてやる」

手を翳《かざ》し、俺も異能を行使する。

男が飛び込んでくる空間を指定し、

「『過重力《ハイ・プレッシャー》』」

「っ、がはっ⁉」

強烈な重力に身体《からだ》が引かれ、胸元を硬い地面に叩《たた》きつけた。押し出された息と共に、呻《うめ》き声が漏れる。加減はしたため臓器がつぶれている、なんてことはないはず。動けるのは首から上だけで起き上がることはできない。

何が起こったのか理解できないと言いたげな眼差《まなざ》しで、男が俺を見上げた。

そして、目に恐怖が混ざる。

「あ、お、お前、白い指輪の男、『異極者《ハイエンド》』!? 『暁鴉《ぎょうあ》』!?」

「マジでその名前浸透してんの？」

うっそだろお前。どいつもこいつも厨二病《ちゅうにびょう》全開な二つ名で呼びやがって。いい歳《とし》して恥ずかしいと思わないのか？　頼むから人並みの羞恥心を持ってくれ。

呆《あき》れ交じりにため息を吐《つ》いて、一瞬だけ威力を強める。男は意識を失い、ぐったりと倒れた。

近づき、無抵抗の両手に異能絶縁の手錠を嵌《は》める。これで異能は使えない。

『伽々里さん、こっちは終わりました』

『はーい。静香《しずか》ちゃんがそっちに向かうので、合流したら今日の仕事は終わりです。お疲れ様でした』

『お疲れ様です』

伽々里さんへ連絡を入れて、回収のための静香さんが来るのを待つ。

挨拶の後に、路地の奥に控える有栖川へ目をやる。

なんかまだ刃が舞ってるんだけど。

「有栖川さん、そろそろその物騒なものをしまって頂いても？」

「自衛のためですよ。主に貴方《あなた》への」

「せめてコイツの監視のためと言って欲しかった」

「こんな雑魚《ざこ》より貴方の方がよっぽど危険です。いやらしい」

「どこにいやらしい要素があった⁉」

もしかして存在がいやらしいとか？　……自分で言っておいてなんだが意味わからん。

有栖川がこの調子なのは平常運転の証《あかし》。気にしないが吉だな。

そんなこんなで待つこと数分。

「待たせたな」

「こんばんはーっ、先輩っ！」

スーツ姿の静香さんと並んでやって来たのは、満面の笑みを振り撒《ま》く少女――十束瑞葉《みずは》だった。

俺の隣で、ふんっと不機嫌そうに有栖川が鼻を鳴らした。

怖い怖い、頼むから刺激を加えないでくれ。板挟みの俺が大変なことになる。

「えと、十束はこれから仕事か？」

「明日は学校がお休みですし、異能聴取の人手が足りてないとのことで」

「頑張れよ」

「はいっ！」

元気に返事をして、微笑《ほほえ》む。ほんといい子だよなあ。

そんな事を考えていた矢先、頭の中に響く声。

（頭とか撫《な》でてくれたら、もっと頑張れるかもしれませんよ？）

（頼むから勘弁してくれ。あんまり非モテを揶揄《からか》うんじゃない。勘違いするぞ）

（瑞葉的には勘違い上等ですっ！）

十束はぺろっ、と小さく舌を出して、パチリとウインクを飛ばす。あざとすぎる……

『念話《テレパス》』で俺だけに伝える辺りとか特に。

「私語はその辺にしておけ。さっさと運ぶぞ」

静香さんが運転してきた車に、俺の異能で男を浮かせて運び込む。

その車に静香さんと十束が乗り込み、発進する。仕事が終わった俺と有栖川は送迎の車に揃《そろ》って乗り込み、エンジンがかかって静かに走り出す。

程よい揺れが眠気を誘う中、

「……佐藤京介《さとうきょうすけ》」

「なんだ?」

「……あのときは、ありがとうございました。貴方がいてくれなければ、きっと私は過去に囚《とら》われたままでした」

「立ち上がったのは有栖川の力だ。俺はただ、手を貸しただけ」

「それでもです。私が感謝しているということだけは覚えておいてください」

静かな口調ながら、取り消す気のない意思を感じた。

……あの有栖川が素直に「ありがとうございました」なんて言うとは思わなかった。ふざけてこんなことを言うようなやつじゃない。本心なのだろう。

「俺も助けられたからな。今後とも助け合っていけたらと思うよ、ほんと。パートナーなんだから」

「……その前に、私たちは友人ではないのですか」

囁《ささや》くような呟《つぶや》きが、耳に届く。驚きつつ有栖川を見れば、はっとしたように目を見開いていて、暗い車内でもわかるほどに耳まで赤くなっていた。

「あっ、いえ、これはただ貴方が以前そう答えたからで私の意思ではなく――」

「わかってるからその握った拳をどうにかしろ怖いからっ!?」

「うるさいです黙ってくださいっ」

怒っているように見えるのに、どうしてか有栖川の表情は穏やかに感じられて。

そんなやり取りの末に有栖川の家に到着する。門の奥に構えるのは、これまた大きな洋風の屋敷――有栖川家。

「……佐藤京介」

「ん?」

「――また、明日」

有栖川は小さく呟いて、腕を胸の前で組んで何かを待つような姿勢を取った。

俺は有栖川の呟きを反芻《はんすう》し、その態度が示す要求へ辿《たど》り着く。

「また明日、仕事でな」

「――佐藤京介、最低です」

呆れと僅かな怒りを滲《にじ》ませた声が返ってきて、有栖川はそれっきりむっとした雰囲気を漂わせながら車を降りた。

夜闇によく映える白銀色の髪を揺らす有栖川の背を見送る。何か有栖川の機嫌を損ねたのかと原因を探るも、家に着くまでに正解を見つけられなかった。

マンションの前で車を降りて、街灯でぼんやりと照らされる夜道を眺める。夜特有の人《ひと》気《け》がなく冷たさの残る空気に目を細め、マンションの中へ。

寝ているはずの美桜《みお》を起こさないよう静かに家の鍵を開けて中へ入ると、

「美桜？　寝てなかったのか？」

水色のパジャマを着た美桜が、眠たげな目で出迎えてくれた。でも、さっきまで寝ていたのだろう。寝起きなのか、ぽやぽや感が残っている。

「ん。さっき起きたの。このくらいって言ってたし、久々だったから」

瞼《まぶた》を猫のように擦《こす》りながら、緩い笑顔で美桜は答えた。美桜は俺の帰りに合わせて真夜中にも拘《かか》わらず起きてくれたのか。

「ねえ。なにか言うこと、ないの？」

こてん、と小首を傾《かし》げて淡い微笑みを浮かべながら美桜が問う。

ああ、そうだ。

俺が美桜に伝えることなんて決まっている。

殺伐とした世界から、平穏な日常へ帰還するための言葉を。

「――ただいま」

あとがき

はじめまして、海月《みつき》くらげです。

本作『鴉《からす》と令嬢』は第6回カクヨムWeb小説コンテストにて『特別賞』を受賞させていただいた作品を改題・改稿したものとなります。本作を書籍という形でお届けできたことをとても嬉《うれ》しく思うと同時に、まだ夢なのではないかと疑っている自分もいます。

初めから最後まで書きたいものを書いた本作ですが、お楽しみ頂けたのなら幸いです。

書店で先にあとがきを読んでいるよ、という方は是非そのままレジへと足を運んでいただけると私が泣いて喜びます。

本作『鴉と令嬢』は現代異能バトルかつ、主人公とヒロインのバディものとなっています。どうしてかって？　私の趣味です。というか内容全般が趣味です。

だってみなさん『学校にテロリストが攻めてくる』妄想、一度はしたことありますよね……？　ない？　そんなわけないですよね。

現代異能バトルには全厨二病罹患《りかん》者の夢と希望が詰まっているんですよ。またブームが来て欲しいと常々思っているのですが……はい。

なので、もしも本作を面白いと思っていただけたのであれば、ＳＮＳなどで感想を発信していただけると嬉しいです。反響が多ければ今後も現代異能バトルの新作が出てくるかもしれません。私が喜びます。対戦よろしくお願いします。

ここからは謝辞になります。

担当編集者様、私自身と本作を無事に導いていただきありがとうございました。今後もご迷惑をおかけするとは思いますが、何卒《なにとぞ》よろしくお願いいたします。

火ノ《ヒ》先生、本作を美麗なイラストで彩《いろど》っていただき本当にありがとうございました。キャラデザ、ラフ、清書と届く度に何度も眺めては人に見せられない顔になっていました。

そのほか、刊行に伴って携わっていただいた多くの皆様。

本作を手に取っていただいた読者様、ｗｅｂ版から応援していただいた皆様。

本書を通して繋《つな》がった全ての方々に厚く御礼申し上げます。本当にありがとうございました！

それではまたいつか、お会いしましょう。

海月くらげ

お便りはこちらまで

〒一〇二―八一七七
ファンタジア文庫編集部気付
海月くらげ（様）宛
火ノ（様）宛

富士見ファンタジア文庫

鴉《からす》と令嬢《れいじょう》
~異能《いのう》世界《せかい》最強《さいきょう》の問題児《もんだいじ》バディ~

令和4年4月20日　初版発行

著者――海月《みつき》くらげ

発行者――青柳昌行
発　行――株式会社KADOKAWA
〒102-8177
東京都千代田区富士見2-13-3
0570-002-301（ナビダイヤル）
印刷所――株式会社暁印刷
製本所――本間製本株式会社

ISBN978-4-04-074507-7 C0193

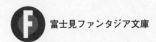

この少年
天上優夜《てんじょうゆうや》
異世界でレベルアップした結果、最強の身体能力を手に入れた少年
すべてが
シリーズ好評発売中！

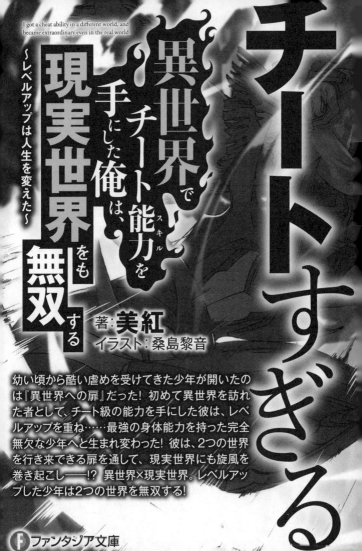